KEY·可以文化

ELMET

FIONA MOZLEY 爱尔迈特

［英］菲奥娜·莫兹利 著

吴刚 译

献给梅根

"爱尔迈特是英国最后一个独立的凯尔特王国,最初发祥于约克溪谷……但直到进入十七世纪,这道窄窄的裂谷及其两边的崖壁,都还为冰封的沼泽所覆盖,依然是一片'不毛之地',一处供人们逃避法律追索的避难所。"

《爱尔迈特遗址》

泰德·休斯

I

我没有投下影子。白烟停留在我的身后,天光被遮得严严实实。我数着脚下的枕木,数字飞快地增加。我数着铆钉和螺栓。我在向北走。头两步走得很慢,有气无力。我不是很吃得准方向,但选了朝哪儿走之后,就得一直走下去了。我从旋转门走了出来,门已经在我身后锁上了。

我依旧能闻到大火的余烬。参差的废墟呈现出烧焦的轮廓。我又听到那些声音了:男人们的声音,女孩的声音。怒火。恐惧。下定的决心。不祥的震颤穿过树林而来。火苗吞噬着一切。滚烫,爆裂,噼噼啪啪。皮肤上带血的姐姐和那块抛荒的土地。

我一直跟着铁轨走。我听到远处有火车头的声音,便蹲到了一棵山楂树的后面。没有客车车厢，只有货车车皮。那些铁皮货车上装饰着凶猛的纹章：象征着青春的纹章早就已变得陈旧。灰土、沙尘和几十载的烟雾。

雨下了，又停了。野草给浇得透湿。鞋底踩上去，发出吱吱的声响。如果肌肉痛了起来，我也不加理睬。我奔跑。我走。我又跑。我蹒跚着走。我休息。我凑到存了雨水的洼边喝水。我起身。我走。

怀疑挥之不去。她来到铁路边后或许向南去了，我是在白忙。再也找不到她了。我可以走，可以慢跑，可以冲刺，也可以在铁轨中间停下、躺倒，等着一列火车压过；全都无所谓。要是她向南去了，她就从此消失了。

但我选了往北的路，所以我就得往北走。

我脱离了所有的羁绊。我走过了田野的边界。我越过了铁丝网和锁着的门。我穿过工厂区，穿过私人花园。我想都没去想到了哪个郡县、市镇、教区。我走，无论围场、草地还是公园。

铁轨带我从丘陵间穿过。火车在山间滑翔，上有山巅，下有山谷。某天晚上，我露宿荒野，看风，看鸦，看远远的车；蓦然忆起了在这同一片土地之上，更南的地方；更早的时候，另一段时光；然后便想起了家，想起了家人，想起了命运的起伏转折，想起了开始和结束，想起了因，想起了果。

第二天早上我继续上路。爱尔迈特的遗址在我脚下。

第一章

我们是夏天来的，当时四野繁花盛开，白天又长又热，天光柔和。我走到哪儿都不穿衬衫，任由汗水干净地流淌，享受着浓稠空气的抱拥。那几个月里，我瘦骨嶙峋的肩膀上晒出了雀斑。太阳落得好慢，夜在黑幕合下与天光重现之前都是青灰色的。兔子在田野中嬉游，遇到运气够好，没有风，山间罩下一层薄纱，我们还能见到一只野兔。

农夫们开枪打兔子，我们挖陷阱抓兔子，为的是吃肉。但抓不到那只野兔。我的那只野兔。那是只雌兔，她和她那一家子把窝筑在铁轨遮挡的地方。对于火车来来往往她已经无动于衷。我看见她溜出窝来的时候，都只见到她一个，那样子大摇大摆，仿佛觉得自己根本不会被人看见，也不会被人听到。对于兔子来说，在夏天，撇下家里的小家伙们，到田野中跑来跑去，是很难得一见的。要么是在觅食，要么是在求偶。她寻寻觅觅的姿态，仿佛自己平日里是个捕食者；仿佛她作为一只兔子思虑再三，决定不再当别的动物的猎物，要改为跑来跑去捕食别的动物了；仿佛她作为一只兔子，某天发现自己在被一只狐狸追赶，然后突然停了下来，掉头反追起狐狸来。

不管是什么原因，反正她跟别的兔子不一样。她猛然蹿出的时候，我简直看不清她的身形；可当她骤然停下的时候，又成了方圆几里内最最安静的东西。比橡树和松树还要安静。甚至比岩石和电缆塔还要安静。比铁路轨道还要安静。就好像她抓住了大地，将它紧紧按住，成为了大地的中心，即便是周遭延伸至极远处范围内最平静、最无害的地表上的物体，所有的一切，都被她那大到夸张的、球形的琥珀色眼睛尽收在内。

如果说这只野兔充满了神奇，那她脚下抓挠着的这片土地也同样如此。如今，这里只如人脸上的麻子一般缀着一小丛一小丛的树，而曾几何时，整个郡都还是蓊蓊郁郁的森林，风起之时，林间荡起一片絮语，叫人想起古老森林的魂魄。这里的土壤中埋藏着许多失传的故事，它们曾在这里流传，在这里衰朽，又在这里再次凝聚成形，自灌木丛中升腾而起，重新进入我们的生活。矮树丛后面会有传说中的绿人朝外窥探，他们的脸是树叶，而腿脚是扭曲盘错的树枝。饥肠辘辘的猎犬在这里喘着粗气飞扑向拼命逃逸的猎物，口中发出猖猖的狂吠。罗宾汉和他那群瘦骨嶙峋的流浪汉在此吹着口哨，摔跤做耍，大吃大喝，跟鸟儿一样自由，而鸟儿们的美丽羽毛恰也是他们从贵族们那里盗来的战利品之一。古老的森林自北向南，绵延而下。这里栖息着野猪、熊、狼和鹿，地面上覆盖着一眼望不到头的各种菌类，还有雪花莲、圆叶风铃草和报春花。然而很久以前，森林便让位给了庄稼、牧场、道路、房屋和铁路轨道，只留下了我们这儿这样的一蓬蓬的小树林。

　　爸爸、凯茜和我住在一栋小房子里，房子是爸爸用四周土地上找到的材料自己盖的。他替我们选的地方是离东海岸铁路干线隔了两片田地的一座白蜡树小树林。既够远，可以不被铁路上往来的人看到；又够近，可以把火车的往来情形弄得清清楚楚。我们时不时地就能听见火车的声响：客车传来的是嘈杂的人声和铃声，货车那画着纹章的铁皮车厢满载货物经过时，则是哽咽和大喘气。它们都有自己的时间表和间隔，每趟旅程，都围绕着我们的房子画下一道道年轮，又宛如荡过一阵阵祈祷的钟声。"阿德兰蒂斯"号和"潘多利诺斯"号列车像长长的靛蓝色带子从伦敦驶向爱丁堡。小一些的火车的服役时间更长些，电弓上带着斑斑的锈迹，开起来发出咔嗒咔嗒的响声。老旧的车尾列车跑起来吭哧吭哧的，疲态尽显。对于比它们年轻的铁轨来说，它们跑得太慢了；在热辊压榨的铁轨上滑行的那副样子，活脱脱像是冰面上的老人。

在我们刚到的那天，一个有点年纪的二等兵开着一辆铰接式货车上了山，车上满载着有裂缝的、别人不要的石材，那是从一个废弃的建筑工地上拉来的。卸货基本上都是爸爸一个人的事，那个二等兵就只坐在一根刚伐下的原木上，一根接一根地抽凯茜自己用烟草和纸卷出来的香烟。凯茜用手指搓烟卷，然后从齿间伸出舌头来舔一下，把烟卷封上，他就在旁边目不转睛地盯着看。她把装烟草的小袋子放在右边的腿上，他就盯着她的腿，还不止一次地凑过去拿起小袋子，有意无意地拂到她的手，然后假模假式地看看袋子上的字儿。每次他都主动要替她点烟，热切地举着火等她，凯茜每次都不领情，自己给自己点上，弄得他像个小孩子似的，还颇有些气恼。他没看到的是，在给他卷烟的时候，她一直都皱着眉头，怒冲冲地瞪着自己的双手。他不是一个有眼色的人，人家明明都摆在脸上了，他还是什么都看不出来。他无法从别人的眼神和嘴角读出别人心里想说的话，也无法想象，漂亮的脸蛋下面所包藏的，未必就是漂亮的心思。

整个下午，二等兵的嘴一直没停过，讲部队里的事儿，讲他在伊拉克和波斯尼亚经历过的战斗，讲他亲眼见过像我这么大的男孩子被人用刀子开膛破肚，讲他们的内脏会短暂地呈现出蓝色。告诉我这些的时候，他的语气中几乎没有丝毫的阴郁。爸爸整天都在房子上忙活，到了晚上，两个大人走下山坡，去喝二等兵带来的装在塑料瓶里的苹果酒。爸爸并没有待多久。他不喜欢多喝，而且除了姐姐和我，他不喜欢跟别人打交道。

回来以后，爸爸告诉我们，他跟那个二等兵吵了一架。他用左拳朝他脑袋上来了一下，所以拇指指节那儿多了一道血痕。

我问他是怎么吵起来的。

"他是个混蛋，丹尼尔。"爸爸说，"他就是个混蛋。"

凯茜和我觉得这话说得一点都不错。

我们的房子，设计得就像任何一个小城市里城乡接合部的那种平房或活动住房，老人和穷人住的那种。爸爸不是个建筑师，但他能从镇公所搞到一份灰白色的示意图，并照着图把房子给盖起来。

不过我们的房子要比其他同类的房子结实得多。盖房子用的砖、砂浆、石材和木料都比它们要好。我知道，跟我们进城路上看到的那些房子相比,我们的房子肯定能多撑好多年。还比它们要漂亮。从树林里蔓延出来的青苔与藤蔓,更急切地想要攀上它四面的墙,更愿意将它拖入到原先的风景中,跟自己融为一体。每过一个季节,房子便显得比原先更老旧一些,而它看上去存在于那里的时日越久,我们便知道它将愈加持久地存在下去。就像所有那些真正的房子,就像所有那些人们称为的家。

外墙刚一树起来,我就播下了各式种子,插下了各种块茎。土地经过爸爸最初的开垦后依然敞开着怀抱。我把家中的几个食槽加长拓宽,往里面装满了蔬菜制成的堆肥和我们从一个马厩里问人要来的新鲜粪肥。那个马厩在离我们这儿八英里远的地方,那儿有个灯光马场,会有小姑娘们穿着浅棕色的小马裤和亮闪闪的皮马靴在马场里绕圈子。我种下了各种颜色的三色堇、水仙、玫瑰和一根从一株开白花的攀缘植物上剪下来的插条,那株植物从一堵老旧斑驳的清水石墙里逾墙而出,正巧就被我发现了。

这时节并不适合栽种,但有些嫩芽还是冒了出来,更多的在第二年露了头。等待才是一栋真正的房子题中应有之义。等待使房子成为我们的房子,等待使它根深蒂固,等待将房子和我们嵌入季节,嵌入岁月。

我们到那里的时候,我的十四岁生日将近,而凯茜则刚满十五岁。时间是初夏，这给了父亲盖房子的时间。他知道我们绝对可以在冬天不到就全部完工，而到九月中的时候，房子就已经会有个大概的样子，能住进去了。在那之前，我们暂时把家安在两辆从部队里退役下来的厢式车上，那是爸爸在唐卡斯特从一个小偷手里买来后，沿着土路和小径一直开到这里来的。我们用钢索把它们连到一块儿，再用防水帆布在上面一张开，显得很专业的样子，待在下面便很有安全感了。爸爸睡在一辆车里，凯茜和我睡在另一辆里。帆布篷下面还摆了几把饱经风吹雨淋的塑料花园椅，过了一阵后，又添了一把塌陷了的蓝色沙发。这里便成了我们的客厅。温暖的夏夜里，若是无事可做，我们便把大纸箱倒过来，放上马克杯和盘子，也把脚搁上去，就那样懒坐、闲聊、吟唱。

在天气最为清朗的夜里，我们会在外面一直待到天亮。我们把两辆车上的收音机同时打开，凯茜和我便在铺满落叶的地上，伴着我们的林间立体声音响翩翩起舞。随便哪个邻居都与我们隔着好远，所以我们很放心，不怕有人听到。有时候我们不开收音机，就坐在那里自己唱。几年前，爸爸给我买过一管木笛，给凯茜买过一把小提琴。在还有学上的时候，我们都在学校里上过免费的课程。虽然我们算不上专家，但演奏出来的效果倒颇为悦耳，因为这两样乐器本身的音色就相当棒。爸爸很会挑东西。他对音乐一窍不通，但东西是好是坏他可会挑了。从木料、胶水、清漆的味道和边缘的光滑程度，他就能判断出做工和质量。这两件乐器可是他开了半天车跑到利兹去买来的呢。

所以你看，他对不同林木间的差别是很在行的。我们如今住的这片林子中的树，他早就认识，还专门跟我一一讲过。这里所有的树，几乎都介于树苗和五十年树龄之间，因为在我们搬到这里来之前很久，这片树林就有人修剪过。爸爸觉得修剪了甚至有几百年。在树林正中心的地方，长着一批树龄更久的树，其中一棵是它们之中最年长的。那是它们的母亲，爸爸说，所有别的树都是从她那儿来的。她在那儿长了超过两百年，树皮都已经硬结了，像刮过的贝壳杉胶。

林子里还有榛树，有些还会掉下榛果来。爸爸用一把折叠刀从树干上割下树枝，然后教给我看怎样加工嫩枝。我花了几天的时间，想要用新鲜的嫩枝做一根细细的笛子。我先削掉软软的树皮，再用半圆凿掏空树枝芯子里的肉。我干得很仔细，尽力把外表弄得十分光滑，像手指一样呈现出弧度。可这根笛子怎么也吹不响。自那以后，我就渐渐开始转向做有用的东西，不那么需要技巧的东西，或者说即便样子马虎一点也一样能管用的东西。只要碗能装东西，哪怕样子丑一点，做工粗糙一点，人们也还是会管它叫碗。但笛子要是吹不出乐音来，就不能叫笛子。

我们树林中的家有一个厨房，还有一张橡木大桌子。我们还在厢式车里露营的时候，爸爸就是用烧烤架为我们做饭的。这套架子是他用几片波纹铁皮自己做的，烧烤用的炭则是他用两只油桶在林子正中那棵老母树旁边自己烧的。

那段时间我们吃了太多的肉。在和他一起找到定居之所前，我们只能是他给自己做什么，我们就跟着吃什么。而他吃的主要是自己的打猎所得。他根本不讲究要吃水果或蔬菜。他常打的东西是斑鸠、原鸽、领鸽、野鸡和鸟鸫，如果他能在夜里逮到它们从藏身之所出来的话。这里附近还有毛冠鹿出没。如果没什么东西好打，或是口袋里有了现钱，或者纯粹就是想换换口味了，他会跑到村里去，经过一番讨价还价，买些牛肉、羊肉或是肉肠回来。若季节合适，还会有一些能在早餐吃的小猎物。村子里有个人养了只灰背隼，替他抓来了好些云雀，他一个人吃不了，就拿来跟我们换那些灰背隼抓不了的大鸟。我们吃云雀烤面包，几乎连面包带云雀全都吃下去，就着一杯杯热乎乎的奶茶。

有一次，爸爸跟一些流浪汉一起出去了四天，回来的时候带来了一麻袋拔了毛的鸭子和五板条箱的活鸡。他在我们房子待建的后门附近建了一个鸡舍，把那些鸡养了起来。自那以后我们就有鸡蛋吃了，可还是很少吃蔬菜或水果，除了从路边摘的各种浆果。

后来，直到房子盖好后，我才种了苹果树和李树。爸爸有事去村里的时候，带回了一袋袋的胡萝卜和欧防风。我在擦洗干净的厨房案桌上收拾他带回家来的东西，用的是爸爸磨过的大小刀具。

在房子盖好前那短短几个月里，也就是我们露营和唱歌的那段又热又干的时间里，爸爸跟我们好好聊过。他话不多，不过我们听到了很多东西。他谈到了跟谁打过仗，又杀过哪些人，在爱尔兰的泥炭田或是林肯郡的黑土地，那里的泥土都会像法医墨水一样一直沾在双手和双脚上。爸爸曾经打过不戴拳套的拳击比赛，绝不是在体育馆或大礼堂那种地方打，但这种比赛赌注大奖金高，来自全国各地带着来路不明的现金的人会来押他赢。谁要是不赌我爸爸赢那准是傻瓜。他只需一记重拳就能把一个大男人击倒，而要是一时半会儿没击倒的话，也只是因为他想要打得稍微尽兴点而已。

拳击比赛是由那些流浪汉或是周围的一些粗汉们安排的，他们想要有机会试试自己的身手，赚上一笔小钱。流浪汉用这种方式打斗已经有几百年了，他们管这个叫"赏金格斗"或"公平格斗"。他们既不戴有衬垫的拳击手套，也不把比赛分成回合，当中夹着休息。他们格斗时不会有代表回合结束的铃声响起，而是非要打到有人投降或是躺倒在地慢慢变冷。有时候，这样的格斗被用来平息两个敌对帮派之间的争端，但多半还是为钱。会有成千上万镑的钱付出去，爸爸能靠打拳过上不错的生活。

爸爸告诉我们，在乔伊斯和奎因麦克多纳两个流浪家族之间存在着延续了几十年的不和。每隔三年左右，两家便会各自派出代表自家的年轻人进行一对一的无拳套拳击赛，由中立家族的长者来当裁判。在这样的场合中，这些家族自己是不能在场的，怕两大帮派间发生混战，因此这两家的男女老少和流浪汉中所有的帮派群体要么被清出了场外，要么被警方逮捕，塞进厢式车里，送进监狱。

这种比赛是很有赚头的。这些为家族世仇而举行的格斗赛往往有很高的彩头。乔伊斯家族和奎因麦克多纳家族彼此会暗中较量，看谁愿意码出的赏金多。有时候两边的赏金会各自高达五万镑，而获胜的人可以把赏金全部拿回自己的大篷车队，请自己的全部伙伴们来个彻夜的威士忌狂欢。爸爸说这帮流浪汉需要格斗赛。他说，经过这些年以后，两大家族之间的争斗已经无所谓了，但每次只要哪家的某个大人物缺钱了，很有可能就会想个名目出来打上一场，希望能赚上一票。此事早就已经超过了尊严之争，是事关大笔的赏金了。

对爸爸来说当然也是这么回事。我们不是流浪汉，所以世仇不世仇对我们毫无意义。他去打的那些比赛都是有钱的，在那些比赛中，流浪汉或吉卜赛人、粗野的农民、城里来的罪犯、地下夜店和酒吧的老板、毒贩子和暴徒，或仅仅是靠拳头吃饭的人济济一堂，他们都带着钱来，想要赢得更多。爸爸到那儿的时候，穿了条蓝色牛仔裤和一件扣子全都扣着的短夹克。一个专门操办这类事的人在电话上告知他时间地点，委托他操办的不是那些流浪汉就是别的什么人。爸爸平静地等待着，身边围着的都是他的崇拜者。他是个能只说一句绝不说两句的人，也很少跟别人目光对视。周围的人在那里讨价还价、商定赔率，爸爸掉头看向别处，独自平静地踱着步。

爸爸要开始比赛了。他脱去夹克和套头衫，只穿一件白色的运动背心，露出的不是运动员那种精瘦的、一层层的肌肉，他的肱二头肌简直可以拿来做软软的弹性枕，实在是和做那种枕头用的长条弹力橡胶很像。他的手臂上几乎没什么毛。出奇的少。其实他毛发浓密，那些黑色毛发在前面顺着肚子攀上胸膛，再连上满脸的胡须；在后面则顺着后背一路爬到脖颈后面，与前面那一路相会于头发。但他的两条手臂却是光溜溜的。他走向指定的场地，和他对决那家伙则是跌跌撞撞摔进来的。爸爸这还是头一次见到自己的对手。他脸上没有任何表情。他并不恨这家伙。他走过去，用拳击打那家伙,等完事后,他听到一阵颇为克制的鼓掌声。有人把他领到人群背后的一辆蓝色标致车旁边,从行李箱里拿出一个拉着拉链的行李袋,里面装的都是肮脏的现金。

那些人肯定对他们在那里看到的某样东西感到满意。赌博掩盖了他们真正的乐趣。现金当然必须要存在,这样事情才会太平。让一切看着像生意。要有一些正儿八经的东西来撑起场面。要让这场演出看着像那么回事。但如果真想要钱,他们自有别的门路可以弄到;如果真跟生意有关,那么格斗就不会不戴拳套了。

对,正是到了树林中的这个夏天,新房子落成之前,爸爸才跟我们讲了这些故事,透露了这些我们以前没听过的东西。凯茜和我听得很认真,就好像在接受珍贵的传家之宝。爸爸跟我们讲这些时,眼睛瞪得老大,眼底现出些许浅蓝,宛如穿得老旧的牛仔布。他会把身子凑过来,把眼睛睁得老大,然后在搜索某段业已不太清晰的记忆时把眼睛微微地眯起一小点。他坐在椅子上,身体前倾,粗壮的大长腿岔开着,手肘搁在膝盖上,宽敞的胸膛上承载着宽阔壮实的肩膀。

我猜我们家的钱就是这么来的。靠爸爸打拳挣来的。但一连几个月没拳打的时候,爸爸也会找其他工作。他提到过这些"其他工作",但这之中没多少故事好讲。这些"其他工作",他与之合作的,有时候是那些流浪汉,但更经常是一些从更远地方来的人。

在我们过的第一个九月,某个星期四的晚上,凯茜和我正坐在新家的厨房里。之前整个下午都在刮风,到了晚上风刮得更紧了。房子的根基和各处接头第一次遭遇到了考验,就跟其他任何尚未确建的房屋那样,发出吱吱嘎嘎的呻吟。这所房子正在四周的景物中找寻着自己的位置,要在这里的低气压槽中坐落下来,慢慢地释放自己,与四周融为一体。足足有好几个小时,我们觉得它都在叹息、哀吟。

爸爸是前一天下午离开的,我们预计要好几天后才能再见到他。因此,当他第二天早上,天刚一破晓就回到家的时候,正在喝茶和打牌的我们都有些意外。我们听到他的车子来到外面,车轮在腐叶上滚过,缓缓地刹停,随即他那熟悉的脚步声响起,离我们越来越近。我跑出客厅去开门,打开上面和下面两道插销,再转开钥匙。我把门向内打开,站在旁边,把爸爸迎了进来。他来到案桌边,带着警惕却也透出疲惫。他在三把木头椅子之中的一把上坐下,椅子被他的分量给压得有点弯曲。

他叫凯茜给他倒杯茶,她站起身来,重新把茶壶放回到炉子上。爸爸先是把腿伸直到桌子下面,然后又收了回来,开始解开系得紧紧的鞋带。凯茜一边等水烧开,一边给他卷了支烟。在把烟递给爸爸的时候,我看见她的脸突然间醒了过来,和爸爸的脸一样,仿佛他带了某样鲜活的东西回家,能让我们大饱口福。那天晚上,就跟别的时候一样,我看她的样子就知道她真是爸爸的嫡亲女儿。

他说他接到一个老朋友的电话。以前东来西往的就认识了。那个叫彼得的,从九到十岁起就住到了旁边村子,那时他母亲从唐卡斯特搬来这里,进了炸鱼薯条店工作,负责从顾客手里收钱,然后把其他人炸好的鱼包起来。彼得曾经问过爸爸,当然是通过一个朋友,问他是否愿意过去看他,因为他听说我们搬来了附近。也就是说,他已经听到过爸爸的名声了。在约克郡的某些区、林肯郡以及附近的几个郡中,没有多少人不知道爸爸的大名。

彼得以前曾给这个地区的各家建筑公司有一搭没一搭地打小工。大多数公司都开不下去了,有些公司就算还没死透,也至少都到了快山穷水尽的地步。爸爸跟我们说,有那么两三年,彼得并没多少活儿好干。但他熬了过来。他开始接起了私活,谁还有钱就替谁干。他替人搭建房屋,把水管锯成小段,拆除推拉窗。诸如此类。都是些爸爸会干也不去干的活儿。彼得干这些很拿手,爸爸说。他知道该怎样安排自己的时间和金钱,而这几乎是成就任何事都必不可少的。人们跟自己的朋友提到他，渐渐地他手上的活儿就多到干不完了。有一段时间，他并不是为了谋生而干活。而是出于自豪，或是类似那样的东西，在这一片地区，这几乎是快被人遗忘的情感了。原本只顾着在当下混口饭吃，慢慢地他变得有过去可回忆，有未来可憧憬了。

两年前的冬天，他在某个大农场里揽了个活儿。某天，他正在某处户外厕所旁边搞搭建，一头肚子里怀了两头小牛的、肥肥的母牛从挤奶的设备上拽下了乳头，从干草垛中间踢腾着挤出来，飞奔出了谷仓。她撞倒了彼得脚下的梯子，彼得摔了下来，正落到她的蹄下。母牛一条后腿踩到了彼得的后腰，奇怪地面的质地怎么不一样了，一惊之下，先是一蹄子踢到厕所的墙上，接着又踢到了彼得的脑袋和脖子。他当场被踢昏了过去，躺在肮脏潮湿的水泥地上，血流不止。

农场有时候会半天也没个人来。要是有人皮破骨断，这里半天也没个人来。要是有人奄奄一息，这里也半天没个人来。不过，所幸的是，当天的彼得碰到了例外。农场里的一个长工发现了他和他那残破的身体，连忙用外套将他包起，放到一辆运马的棚车后面，送去了唐卡斯特的医院。

彼得的两条腿从此废了。大部分时间都只能在轮椅上度过。他再也不能工作了。他不再晚上去酒吧。他待在自己家里，坐等有人上门来看他。老朋友们会顺道来看看他，但由于他不再抛头露面，除了最好的几个朋友之外，人们开始忘记了他。镇上偶尔会有人来看他，教会方面也是。彼得有个上了年纪的邻居会过来帮他拾掇园子。到了相应的季节，她会帮他从树上剪枝，帮他修剪灌木，清扫落在地上的花瓣和树叶，确保下雨天阴沟不堵。他有个姨妈，是母亲死后才认识并来往的；每隔两周的星期天，她会带来蛋糕和报纸，帮他换床单。

　　日子过得还算不错，但其实原本可以过得更好。自从出了事故后，彼得只能咬咬牙去讨要前几年里人们欠他的工钱和他为人们垫进去的建筑材料。他以前之所以没要别人马上付工钱，是因为他当时不等着钱用。他的境况很稳定。他相信人们早晚会付给他的，就像他相信自己的身体和决心。他从来没想过有人会骗他，因为他从来不知道虚弱是什么。我们这个世界靠的就是肌肉，爸爸老这么说，而有生以来第一次，彼得没有结实的肌肉了。他打了一圈电话，一半人直截了当地付了钱，或是开始分期支付了。他又打了一遍，剩下那些人里面的一半也把钱还过来了。剩下那些欠债的，有的拖了许久才还，有些则在还钱时说出了难听的话，这些人当中甚至还有他自孩提时的朋友或是一起工作过的伙伴。有一个人一直没还。那是个油腻腻的杂种，爸爸说，住在唐卡斯特市市区的某处独栋别墅里，他家前门装着里外两层玻璃，还有一条用石子铺就而非水泥砌成的车道。这家伙不是个好人，爸爸告诉我们，虽然他的钱表面上是合法所得，可其实来得不干净，也没花在正地方。既不光明正大，也不诚实本分。他不是单靠他自己，靠着自己的智慧和辛劳挣下的家产，而是和着一帮同伙，共同策划算计，榨干自己家乡最后的一点血汗。这家伙买卖他人的劳动，在黑黢黢的小巷子里开办见不得光的俱乐部，让女人在那里脱光了衣服跳舞。他的钱来自他人的身体，爸爸对我们说，来自男人的肌肉和女人的皮囊。

彼得帮他建了个暖房。这个暖房可真是漂亮极了，无论从哪方面来说都是。工程花了好几个星期和一大笔钱，彼得不仅有将近五千英镑的钱没有拿到，走的时候还把一套精密电动工具给留在了工地上。他电话也打了，信也写了，还从马路上朝他家里喊过，可那家伙觉得根本没有必要予以回应。就这样又好几个月过去了，贫困迅速地向彼得袭来，在他四处打听之下，一个朋友的朋友的朋友跟他说起，说有个长大胡子的巨人跟他的小儿子和犟头倔脑的女儿一起住在树林里。

"昨天下午我跑去看他了。"爸爸说，"他还住在母亲的房子里，那地方我几年前就知道，还在那附近住过，当时整条街上的草坪都是我修剪的。他把这些事告诉了我，一五一十都讲了。没有任何藏着掖着。唉，他说得……反正我被他说服了。你们俩最了解我了，我不会不收钱就跟人打的。我这会儿说的不是出场费或是奖金。要打人总得要有一个理由，彼得正好就有一个。这个考克森先生欠了他不少，你们知道我这人见不得这种事。欺负像彼得这样的人，本来就已经够卑微了，还要把他整得更卑微。我不是个暴徒，我可不想让你们这么想，可是老天，这事儿实在是让我很生气。彼得告诉了我考克森什么时候会在哪里出现。大多数晚上，他会到镇子边缘一家秘密的赌场里去喝酒、玩牌。赌场归在他一个旧日同伙的名下，其实是他们俩一起建来捞钱，各自分成的。有些个晚上，考克森能从那儿带回家好几千英镑的钱，那些个来赌钱的大傻瓜根本不知道，他们注定会输得血本无归。于是在我知道他会去赌场的某天晚上我也去了，因为我知道那天他身上会带着钱。如果我辛辛苦苦地跑去，做了该做的事，最后却没能弄到该给彼得的现金，岂不是一点名堂都没有？那样只能算是得到了一半的公正。另一半是活着。把要做的事情一件件做到。"

没等凉下来，爸爸就把杯中的茶给喝干了。

"于是我借了彼得的车。他说要这么做，说得有道理。要是车被人看见了，人们会把这事儿跟他挂上钩，但没有人会觉得他能干我要去干的事。彼得甚至连车也再开不了了，这可怜的人。不过不会有人看到的。我把车停在还有十分钟路程远的地方,在那天凌晨快两点的时候去到了赌场,在门外一直等到四点,等到大半的人都离开了。我小心翼翼地不被他们看见,掩身在几棵法国梧桐的后面。考克森是最后离开的几个人之一,样子虽然疲惫却并没有喝醉。对我要干的事来说,他太清醒了点儿,也占了太大的赢面。他出来后走向自己的车子,车停在离我不远的地方。我倒很想说这是我事先都计划好的——我其实真该计划好——但我承认这纯属运气。不过我的动作有点慢。他打开汽车的后备厢,把包放了进去,我直到他要关后备厢了才来到他身边。他当然转过身来,有点纳闷我是谁,很正确地猜到我是来找他麻烦的,但不明白到底是怎么回事。当时没弄明白。他转过身来对着我,但我先开口问了他个问题。我问他是不是我以为的那个人。他理应说不是的,但他说了是。真是勇敢。我都不由得对他稍稍有些尊敬了。但接下来他自己把事情给搞砸了。他露出了自己的本来面目。我问他要他欠彼得的那笔钱。我要的是不多不少正好的数目——我可不是个贼。我说我会把钱带给彼得。跟他明说了我当天晚上就要拿到钱,而且我知道他身上有钱。刚开始我觉得他在乖乖配合。他说要从行李箱里拿钱,就走过去打开了行李箱。换了别人的话或许会多点疑心,但我没时间疑神疑鬼。我也不用疑神疑鬼。害怕的人才会疑神疑鬼。要是他抽出一把枪或是一把刀来，我自有对付他的办法。我不是个婆婆妈妈的人。他打开行李箱，像是要拿装现金的袋子，结果拿出了一根高尔夫球杆。他把球杆举了起来。他想用球杆打我，可是……"

爸爸垂下目光，望着擦洗过的橡木案桌。一丝浅笑浮上了他潮湿的嘴唇。接着他抬起蓝色的眼睛看向凯茜。凯茜一直在听故事，但似乎并没有被打动。她的表情很平静，眼神很清澈。

"其实，也没什么大不了的。"他说。凯茜的虹膜放大又缩小，就像陀螺转动时呈现的花纹。

爸爸跟我们讲了他接下来做的事。他讲述了自己怎样举起手臂抓住了球杆。如何凭双手就将它一折两断。考克森先生在差点被打昏过去后，怎样瘫躺在柏油路面上，抽抽搭搭地哭了起来。不过爸爸对于时间的拿捏很在行。他知道怎样延长一场战斗。他知道怎样让一个人多受点罪。

他说得很详细。一点不落地都告诉我们了。直到我听得眼泪都快掉下来。

这时他停了下来。停得很突然。他从椅子上站起身，将我抱入怀中，说他很抱歉，说他什么都不该跟我们说的。

"那你拿到彼得的钱了？"凯茜问。

他转过头看了看她，坐了下来，依然抓着我的手。

"拿到了。"他说,"拿到了,也还给他了。全部。我给你看看他回赠我的东西。"

爸爸站起身来,走出了前门。等他再回来的时候,只见那双惯于打打杀杀的大手中捧着两只黑色的小狗。两只杂种猎狗。灵缇和边境牧羊犬的混血。那天早上,我们给它们分别起名为杰斯和贝姬,还在走廊里给它们安了温暖舒适的狗窝。那个房间还没铺地板,所以屋里屋外是一样的。爸爸说这样对它们就可以了。

第二章

爸爸是让我们抽烟喝酒的。房子的框架搭好后，我们在那些漫长的夜晚啜饮温热的苹果酒，叼着凯茜卷的烟吞云吐雾。我们听收音机，念书给爸爸听。凯茜念得尤其好，她会用深沉稳重的嗓音把那些最值得听的内容念得特别有味道。小时候我们曾求爸爸给我们买一台电视，但他说没有电视我们会过得更好。

那是在我们搬到树林里来之前的事了。在露营的夏天和新房子造好之前。那时候我们住在更北的地方，住在北海一个小镇的郊区，当时住的房子跟周围一片一样，都是二十世纪三十年代建的。房子是半独立式的，勉强算吧。本来可以算是那种任何一个小镇都有的联排式房屋，不过我们住的这些建得像郊区的三居室公寓，只是更小一点，花园也没怎么在意。来得比我们早的邻居在草坪窄窄的边界、小路以及隔断小路的女贞树篱边种下了紫色和黄色的三色堇,但我们这条街上的大多数花园里都是斑秃的泥泞,长着蒲公英和蓟这种自生自灭的东西。

花园家具很少见,小孩子的玩具倒是每隔几家就能见到,在花园里摊了一地。我记得很清楚,我在街拐角那家人家的前花园里见到过一个躺在泥地里的塑料小玩偶,金色的头发耷拉在脸上,粉红色的棉布连衣裙被往上撩到了齐耳处。我记得她躺在那里,一直没人管,一躺就是好几年,任雨水和尘土玷污着她的身体。

有些房子的外面覆着小砾石灰浆。凯茜和我喜欢这些房子。在我们打闹着穿过两栋房子夹出的小巷,跑向后面的空地时,都会伸出手沿着砾石墙一路摸去,从水泥中把那些凸出在外的小石子儿给抠下来。墙上的凹坑像麻点一般越来越多,但大多数人都不会注意到。凯茜和我从来不会盯着一块地方抠,而是这儿抠一颗那儿抠一颗,不让被抠掉的地方形成明显的图案。我们家的房子是这片中没有覆过砾石泥浆的。你可以见得到盖房子用的砖,那些呈现出陈旧血迹般深棕色的砖。我们家的花园既算不上凌乱,却也没有装饰过。草坪上的草比别家的长得长,颜色也更深些,但不是野草。水泥小径通向水泥台阶,再通向家门;最开始刷的是深蓝色,后来又刷成了深绿色,再然后,随着老化和残破,又风水轮流转地露出了最初的蓝色。

门厅里有一块暗红色的地毯,上面已然褪色的金色图案吸引人的目光从右到左,悄然爬过磨破了的中间部分来到丰厚的边缘,再从左到右地回去。这图案像是一条藤蔓或是某种攀缘植物,根就在前门外,然后悄悄地爬进来,直往楼梯上爬去。在我很小的时候,我假装把那图案看成一幅道路网络图,用手指着朝各个方向探索。

在楼梯的后面,门厅的远端,那块有弹性的红地毯让位给了油地毡和铺了拼花中密度纤维板的厨房。我们那时用煤气做饭,爸爸常常把烟伸到嘶嘶作响的火焰上点着,再跑到后花园里去抽完。出了门厅,还有一个单独的客厅,纵贯整个房子的长度,楼上则是三个卧室和一个浴室。

一句话,我在那里住了整整十四年。

那会儿,爸爸有时候会和我们在一起,其他时候就不在家了。我们跟莫莉奶奶住在一起。她爱我们,替我们做饭洗衣。每顿饭总会有两样不同的蔬菜,洗衣服的时候洗衣粉放得不多不少,既能把衣服洗干净,又不会多到残留在衣物上让我们感到痒痒。我们上学去以后,她就给地毯吸尘,给架子擦灰,然后上街去埃文斯的肉铺买肉,去便利店买杂物,去蔬菜店买菜,每逢周四下午还要去玛格丽特的美容店跟她那班朋友小聚一下。

到了周末或是放学后，莫莉奶奶会安排我们到外面的花园或是房子后面的空地上去玩。有时候，我们会一直去到海滩边，在岩洞里或是小石潭边玩。奶奶是个有爱心的人，但跟我们不算太亲近。有时候她的目光会穿过我们，发起呆来。有时候，我们想要跟她说话，她会好像突然听到了隔壁房间或是外面的声响，仿佛她能听到我们听不到的声音似的。她抬起头来，略略倾斜，一边还把一只手搭到椅子或是沙发的扶手上。

我们小的时候，莫莉奶奶会一边一个牵着我们的手，陪我们一起走着去上学。学校就在镇上，在一片绿地的另一边，绿地上有跟小狗一样大的海鸥会从垃圾桶里叼东西吃。每天早上，我们穿过绿地去上学，身上穿着校服。上面是红色的运动衫、白色的保罗衫，下面配灰色法兰绒裤子，或是凯茜穿的百褶裙，脚上穿的是黑皮鞋，每到星期天早上我们都会把皮鞋擦得锃亮。

学校的主体位于一栋老旧的维多利亚时代红砖建筑里，校园的一头有一座钟楼。那口钟锈得厉害，早就敲不响了，也从来没人想过要去修缮。倒是里面教室的墙上装了红红的、火警用的那种电铃，告诉我们什么时候可以出去玩，什么时候得回来。有些走廊的墙上用快干胶贴着鲜艳的图画，有些则没有。整个地方闻着有一股固体浓缩汤料和糖纸的味道。

我早先的时候性格内向。我绕着操场一圈又一圈地踱步，假装自己是在攀登巍峨的高山或是在涉过沼泽。到了夏天那几个月，我坐在学校操场边的梧桐树下。我把各种昆虫抓到手里，到游戏时间结束或午餐时间开始就把它们给放了。爸爸问我要不要一个采集昆虫的装置做生日礼物，或是用一些罐子把它们带回家，我说不要。我就喜欢把它们在手里放上那么一段时间，然后再放回到灌木丛中去，回归它们的家，回归它们的生活。重新坐回到教室的椅子上后，我会在脑子里一边想象它们怎样过着自己的生活，一边眼睛空洞洞地望着课程表。

凯茜会组织游戏，而我负责参加。在我六岁她八岁的时候，她跟一个小团伙陷入了一段纠葛，里面有三个跟她一样大的孩子：亚当·哈德卡塞尔、卡勒姆·格雷和格里高利·斯默顿。或许，这种事情只有身处其中的人才会觉得重要，可即便是在当时我都有点纳闷，不知道会不会有人像我一样，花那么多时间想着这事儿。在足足好几年时间里，我整天都在脑子里回想着关于这个小团伙的往事，还会闭上眼睛，想要走进不同场景的不同部分，想要确定每个人在每个时刻的位置，想要听清每个人的心跳有多快。我肯定是眯起眼睛来远远地看着他们，一看就是好几分钟。姐姐当时在用言语描述一些我没看到的东西，某个男孩竭力想要听清姐姐说的话，可他知道自己再也跟不上了。我当时想要看清楚的，就是那个男孩脸上的表情。

我不知道姐姐是不是也还在想着这些往事。或者那些男孩有没有想过。或者在我记忆深处，其他任何一个小孩会像我一样，花那么多时间去想那些他们在其中扮演过角色的零散事件。在我看来，这些对往事的回忆，占据了我脑海中所储存的事件中的绝大部分，要是有谁像我一样，花这么多时间细细回顾过往的瞬间，那么未来还不待展开便已经结束了。我这么说是觉得这事儿好来着。

凯茜比她同龄的孩子长得高，也更结实健壮。她长了一头齐耳的黑发，一般都掖到耳朵后面，还有一双跟爸爸一样的蓝色眼睛。亚当、卡勒姆和格里高利，都来自学校附近那排高高的、有尖顶和凸窗的平房。每个学期，他们都会换一双新的颜色鲜艳的运动鞋。虽然我们住在约克郡，但他们全都支持曼联，还买了球队的全套装备来亮明身份。他们总能得到各种各样的足球海报和图片，他们那些漂亮的妈妈们每天准时到学校门口来接他们，第二天早上又把他们放到学校门口，给他们备下了打好包的三明治、果酱蛋糕和纸盒装的甘甜的苹果汁。这些苹果汁拿进温暖的教室后，被早晨的太阳一晒，会变得益发甘甜。

我想，小男孩们会告诉小女孩们，她们是不被允许和他们一起玩儿的；这是很普通的事情，大多数小女孩都知道答案会是什么，所以根本懒得去问。凯茜当然会去问，也得到了答案。她再问，人家又拒绝了她一次。她说这不公平，但格里高利·斯默顿告诉她，球是他的，所以他有权选择谁可以踢，谁不可以踢。不过她还是想要跟着一起踢。她自己跑到球场上，选了个似乎正确的位置，等球过来了她就跑去抢。还真抢到了。可接下来该发生什么反倒成了难事。她两边都不是，所以不知道该往哪个方向踢，该把球传给谁，该射哪个门。我记得她当时就踩着球站在那里，那些男孩子也站定下来，不知道是该去抢她的球，还是叫她把球传给自己。她的表情有点惊惶，然后突然醒悟过来，其实这并不是她想要的东西。

我身上有一部分依然希望她会带着球跑向某个地方，闪转腾挪地过掉所有的男孩子，一脚把球射进由帆布书包构成的球门。在我的头脑中她应该是要一球成名的。但结果是没有人看到她踢过球。她踩着球站了一会儿，随后就走开了，走去了场地的另一边。后来我问起她，她告诉我，说她知道足球永远都是男孩子们的游戏，就算她踢了，就算她踢得很棒，那也永远都是男孩子们的游戏。

不过她引起了他们的注意。她把他们给惹恼了。那个学期剩下的时间里，只要她落了单，他们就会找上她，把她拉到一边，用拳头打她，用脚踢她，有时候还会掐她脖子。她要么跑开，要么默默地抵抗。他们袭击她的时候，她把他们的手推开，或是挡着他们的打击，但一直没采取什么断然措施，因此这事便没个了断。那些男孩子既觉得没什么特别的理由要停止，又觉得这事儿挺有意思，让他们感觉不错，所以就一直这么对她。几个星期过去了，他们依然把她追到垃圾箱后边打她，或是在学校和我们家之间的那个公园里找上她，有时候我和她在海滩边的石潭里涉水玩，他们也会找过来。

事情是有个导火索的。她的头脑中发生了某种变化。我不知道是因为某个具体的行动，还是因为我也卷了进去，反正肯定是某件事情。

那是一个星期五。那是耶稣受难节前的那个星期五。学校在之前一天就开始了复活节假期。不用上课的第一天，天气有点干燥，但随即从北海上刮来了强风，空气被咸咸的海水润湿了。风抽打在我们脸上，吹得脸红红的，有点刺痛；头发里、指甲里到处都结满了盐晶。

我们跑到海滩上去寻找寄居蟹。我们掀起一个个贝壳，看看里面会不会躲着一只。若是有，我们就盯着看上一会儿，然后把它放回去，继续寻找。我们在头脑里建立起了一幅地图，为的是不要两次惊扰到同一个家伙。

我们两个都看到了那帮男孩从很远的地方向我们走来，他们丝毫也没有想要掩饰自己的行迹，大摇大摆地朝我们走来。我从红帽子认出了格里高利。剩余的人当中，有一个带了个足球，他用力踢了一脚，球在沙子上滚得有点艰难，在他跟前二十米处停了下来。他懒洋洋地跟在球后面走，直到重新追上后再踢一脚。球扑啦啦地滚过浅浅的盐水坑，把深色的湿沙子溅向左右两边。

凯茜也看到他们了，但她没有停下来。她拿起一个漂亮的小贝壳，用沉稳的声音问我之前有没有见过。我说我没见过，她把贝壳翻过来朝里面看。里面什么也没有。长出贝壳来的那个动物早就死了，也没有哪只小蟹钻进过它的坟墓。她弯下腰来，重新把贝壳放回到海草间。

从北海过来的咸咸的风猛烈地刮着。凯茜站起身来面对那帮男孩子的时候，她那跟惠特比煤矿的煤一样黑的头发在风中如短鞭一般飞扬。她外套上的棒形纽扣相互撞击着，如同风儿掠过木琴时激起的美妙乐音。我一直都看着她。我无法将眼睛从她身上移开。我一直都是她行为的目击者。

亚当·哈德卡塞尔跑了过来，一拳把她打倒在了潮湿的沙滩上。她两条胳膊朝后想把身体撑住,但还没等她能站起身,亚当已经又过来把她按了下去。卡勒姆和格里高利慢条斯理地走了过来。

虽然我就站在姐姐身边,可他们似乎没有一个注意到我的。我年纪小,长得又比同龄人矮,所以我知道,除了去找人来帮忙,别的我什么都干不了。我转过身穿过沙地朝家里跑去。爸爸不在镇上,但我可以告诉莫莉奶奶,她可以给爸爸带话,或者告诉别的她认识的人,别的稍微有点像爸爸的人。

我还没跑出二十米,卡勒姆就一把抓住了我的运动衫后领,把我给拽了回去。格里高利开始轻轻地捆起姐姐的耳光来。随后他把手伸到下面,抓住她的球衣下摆,把球衣撩了起来,然后把左手放到了姐姐的右胸上,放在她的乳头上。姐姐还是个小孩子,胸部那儿除了骨头和肌肉根本没什么东西,但也许他觉得这样做会令她难堪。他把手放在那儿不动,而她只是定定地瞪着他。对她来说,没有理由觉得这样的举动比之前发生的更糟,或是有什么不同。她一点儿也不觉得格里高利是在进行一种玩弄,是在模仿他要么见到过要么听说过的某种事情。从他的感觉来说,他是在做某种对她来说很糟糕——简直是最糟糕的事。但她根本不知道。从来没有人跟她说过这种事。她还一点都没开窍呢。她只觉得一只冷冰冰、湿乎乎的手放在她的皮肤上,这种感觉一点都不比她刚才受到的粗暴对待更糟糕。

格里高利拿这件事向她发起挑衅。"你没觉得有什么不自在吗?"他不明白她为什么一直无动于衷。"婊子。"他骂了一声。她依然瞪着他。"我摸你这儿你该不自在才是。"他说。

还是不管用。他把头转向了我。我正浑身无力地被卡勒姆夹在怀里。

"把他的头按到水潭里去。"格里高利命令道。卡勒姆残忍地笑着,把我拖到一个石潭边。

他第一次把我的头按入冰凉的水中时,我看到孤零零的一只海葵紧紧地黏附在参差不齐的石壁缝隙上,每边的岩缝上都附着着一丛残破的藤壶。

第二次的时候,我看见了两种不同的海藻,还有……我觉得是剃刀贝吧。

我记得这些东西。这些是我答应自己要记住的东西。

第三次我的脑袋没有碰到水面。在我身后,姐姐已经从沙地上站起身来,一边踢打一边口中大声喊着我的名字、他们的名字和她自己的名字。她一个人打他们三个,居然还打赢了,他们跑回镇子上去了,连足球都没顾上拿。姐姐把我拽起来,叫我一路跑回家去。她叫我跑回家后待在那里,跟莫莉奶奶说她要不了多久就会回来的，但这也许是把爸爸叫来的一个好办法。她需要爸爸。她扔下我，朝着那些男孩子追去。她一路追击，我知道她肯定能把他们全都给逮住的。那时候她的腿比他们都长，也比他们的结实。我扭头朝家里跑去，做了她吩咐的事情。

男孩子们还不错。在她收拾完他们后，他们只是有点擦伤，这儿痛那儿痛的，并无大碍。她并不知道怎样才能对人的身体造成太多的伤害，他们的伤全都好得很快。在此后的几个星期里，那帮家伙见了凯茜就躲着走，有阵子他们见了谁都躲着走。新学期来临后，他们在走路和跟人说话的样子上已经或多或少恢复了往日的模样。如果说他们比以前稍稍多了些恭敬，对人多了些尊重，那也被他们隐藏起来了。

那场架打完后不久，某个男孩告诉了自己母亲事情的经过。或者是部分经过。他跟母亲说他和亚当、格里高利一起遭到了那个野丫头的袭击，就是她爸很奇怪、老不见人影的那个。男孩的母亲跑到学校告诉了女校长。

第二天，爸爸被叫到学校去跟女校长谈话。莫莉奶奶给他打电话后两个小时他就回来了，等凯茜的时候他把我放在他膝盖上。莫莉奶奶问他是不是一会儿要出去找找她，可爸爸说他刚才在海滩上已经见过她了。他说她独自一个人坐在那里，等准备好了自然会回家的。

凯茜在晚上大约六点准备好了,回家了。她跑到海滩上待了足足一晚上外加一个白天。她的两只手和两条小臂上覆了薄薄的一层沙子,指关节上还有一点点血。沙子和血混在一起,看着就像北海海滩上满潮时会出现的那一道薄薄的油污线。

爸爸站起身来,抓住她的一只手,让她坐到自己身边。他问她发生了什么事。

凯茜望着爸爸,我看到她眼眶中噙着泪。泪水并不多,还不够聚成咸咸的泪滴滚落,但我知道有和没有的区别。那区别就像亮灯的光明和没有亮灯的黑暗,像一个没有生命的物体和一个活物。

起先她并没什么反应,只是静静地坐着。我们都静静地坐着。爸爸没有再开口问她,莫莉奶奶和我也没有说一句话。

大约过了一分钟后,她的胸膛开始起伏。我以为她是在打嗝,但起伏变得越来越快,她说话的声调变了,她让泪水一下子流了出来。滚滚洪水。

她啜泣起来。她的呼吸有如波浪在不断蓄积着,待堆成一堵高墙时再轰然泻落。她呼气时的声响仿佛是通过口琴发出的轰鸣。

她边哭边说道:"我觉得好无助啊,爸爸。我觉得我无论做什么事情都没法改变他们。或者伤害他们。不是像他们伤害我那样真的去伤害他们。我可以由着自己去打他们,但这不会改变任何东西。他们对我太坏了,爸爸。不是说有多痛,爸爸,这我不在乎,我说的是他们在我心里造成的感觉。无论我做什么,我永远都赢不了。"

"可你还是做了。你跟他们打架,把他们给打败了。你保护了你的小弟弟。你还能再做些什么呢?"

爸爸用手在头发里梳过来梳过去,然后又摸着自己的胡子,仿佛要从那里找到一个答案。

"我是说这不起作用,对吗?我是说事情会一直跟现在一样。我是说一直还会有更多的架要打,事情只会越变越难。我觉得我再也不会有安生日子了。"

爸爸依然在轻抚着头发。他的脸色比我以往任何时候看到过的都忧心忡忡。"你想过要告诉老师吗?"他问,"你想过要把这些男孩子的所作所为都告诉老师吗?"

"我告诉了。"凯茜回答道,"可她对我说,他们都是好孩子。"

我想正是因为这个,爸爸才会把我们两个一起带来了女校长的办公室。他一手一个牵着我们走过学校那窄窄的走廊。天花板很低,照亮的卤素灯闪烁着,发出跟墙上的奶白色涂料一样颜色的光,让人觉得那光就是从墙面上的灰泥里发出的。仅有的几扇窗子又长又窄,紧挨着天花板,远高过那些在走廊里走动的孩子们的脑袋,所以当他们抬起眼睛望向窗外的世界时,能看到的只有天空。那天的天空只是一片纵横交错的网格,一些灰色的白色的线条被相互冲突的风撕扯、拉拽、蹂躏着。

要到兰德尔太太的办公室去,先得走到走廊的尽头,接着还要上一段楼梯。在都是平房的学校里,这里是唯一的一处楼梯,楼梯上是一层平台,她的办公室、教师办公室和行政办公室的门都开在这里,每个星期我们都要到这里来领餐券,学校组织外出活动时学生也是把家长同意的回执交到这里。

爸爸敲了门。这是一扇厚重的防火门,漆成深蓝色,上面有一方厚玻璃的小窗,窗子用细细的黑色电线箍了好几道,为的是防止窗玻璃万一打碎时伤到人。爸爸宽大的指节在木门上敲出沉闷的声响,随即便得到了兰德尔太太从屋里隔门发出的回应,叫我们进去。

随着爸爸把门打开,她的声音或她发出的指令顿时变得尖锐了。她叫我们坐下。她坐在一张高背椅上,面前是一张硕大的松木单板桌。在她对面摆着三把模压塑料的椅子,薄薄的垫层是粘在椅子上的。我坐在了右边,凯茜坐在了左边,爸爸坐在了中间。

兰德尔太太看上去一副轻松的姿态。她看起来过着舒适的生活。她穿了一套桃色的亚麻套装,头发既是金色又是栗色,或者说是栗色上面覆着金色。头发的长度刚刚齐耳,轻盈地垂到面颊上。

她看上去人似乎不坏(跟人们所能期待的一样好),但其实她只知道享受舒适。我们的到来似乎令她有些不安。也许她宁愿凯茜从来没打过那些男孩子,或者卡勒姆的母亲没有来跟她告过状,那样她就不用在星期五的下午坐到这里来进行一场关于暴力的谈话。

外面很凉,但她的办公室里很暖和。中央暖气开着,窗子也紧闭着。她的写字台上放着一堆堆密密麻麻印满了字的文件,橱柜里和墙上的架子上放着各种孩子们写的作文,字写得又大又潦草,还画得五颜六色。她的面前还有一排橡皮图章,蘸过了洋红色的墨水,每一个都显示着一句奉承或赞美的话。

"我希望你知道,你女儿的行为是令人无法接受的。是她主动发起的攻击。那些可怜的男孩只是想要在海滩上踢足球,他们问凯茜和丹尼尔是不是想要加入。我想说的是,我知道丹尼尔和凯茜在生活中也许没有像格里高利、亚当和卡勒姆一样的机会,但那也不是她作出此等行为的借口。格里高利的腿上都是擦伤，卡勒姆的母亲说几个男孩子的私处甚至还挨了踢。肯定有人跟她说过，不能踢男孩子的那个地方。"

兰德尔太太继续如此这般地说着，爸爸没怎么搭理她。凯茜也没说什么。一种黏滞的沉默笼罩着爸爸、凯茜和我。尽管兰德尔太太那流畅的话语会在凝胶般的气氛中激荡起些许涟漪，偶尔将其刺出一两个窟窿来，但了无生气的静默仍然是现场气氛的主旋律，她那些干巴巴的说辞并不能令那样的气氛出现些许的好转。后来爸爸告诉我们，他一听到老师以那样的口吻讲述那些男孩的行为，便知道跟老师讲出他那时心中的真实想法是不会有什么用的。他跟我们说，兰德尔太太对此事的评价反映的正是世人看待事物的眼光。世界就是这个样子的，我们必须要找到自己的方法来加以应对，竭尽我们所能让自己变得更强。

表面上，爸爸赞同了兰德尔太太提出的建议，替自己的女儿作出了道歉。他还作出保证，这样的事情不会再发生了。他强调说要在家中加强对女儿的管教，还说凯茜会找到跟那些男孩子的和谐相处之道。

爸爸跟我们一起穿过天色渐渐昏沉的郊区街道走回莫莉奶奶家。他告诉我们，他这次会至少待上一个月，我们每天一放学就务必准时回家，这样我们就能聚在一起。他跟凯茜说,她做的一切都很正确。他唯一希望的是她能早些采取这样的举动。

莫莉奶奶是在一个星期二的下午去世的。凯茜在奶奶平时在客厅里最喜欢坐的那把椅子上发现她死了,于是放下了所有的窗帘,关上了所有的门,不让我进去。我们没有办法联系到爸爸,所以我们一直把那个房间锁着,把窗帘闭着,住在楼上,不敢出大声,时刻保持警惕。凯茜会蹑手蹑脚地下楼,从碗橱里拿东西来吃。我们一直靠饼干、香蕉和薯片为生,直到一周半以后爸爸碰巧回到家里,我们才扑到他的怀里,在奶奶死后第一次放声大哭。爸爸说,他再也不会把我们单独撇下了。

II

几年以后,几英里之遥,那个小姑娘的弟弟在泥泞中艰难地跋涉着,寻找她。时间已经过去几天了,我没有看到她的任何痕迹,但我依然怀有希望。

关于那天晚上在树林中我们家里发生的事情的记忆依然没有消散。一个个场景仍在我脑海中走马灯般地转着。每一张脸,每一个姿势都在固定着各自的印象。一切都没有丝毫减弱。

我一边走,一边想着所有人的样子。我想到了姐姐和她那头光滑的黑发。我想到了爸爸,想到了他说了的话和没有说出口的话。我想到了其他的人,所有那些眼球和牙齿。

我跑得对。

我边走边环顾四周。离家越远，周围的景象便变得越发怪异起来。我的眼睛也作出了相应的回应。我的目光落到了熟悉的事物上。

在地平线上，我看到了一排烟囱和一座座发电站的冷却塔，贪婪地吞噬着大地，喷吐出大量具有腐蚀性的废气。我看见一层灰白色的烟雾横亘在大地与天空之间，铅灰色的蒸汽汇聚成虚假的云团。我看见一带高压电缆塔由远延伸至近，仿如一条巨大的脱了节的节肢动物，而它们那被拴住的影子比它们还要庞大，躺在山峦之上，活像是异教徒祖先们的徽章。我看见牛的剪影在草地上极缓地掠过，在食槽和犁沟间将那份笨拙的沉重感越放越大。在别的地方，我看见夕阳降临到成群吃草的母羊的羊皮上，像火星从燧石落到了引火物上，燃烧出一片片金黄。我看着大地闪耀，我看着天空燃烧。我迈着审慎的步履穿行其间。

我行走在那被剥夺了的爱尔迈特之上。

第三章

在已经变得有点嫌太大之后,我们依然在延续着愚蠢的童年游戏。小树林提供了我们所需的材料,以及一片能供我们奔跑、藏匿的起伏的地形。在另一个世界里,我们或许能长大得更快,但这里是我们远离人世的森林世界,所以我们放慢了成长的脚步。而那也正是爸爸带着我们搬来此地的理由。他想要让我们与世隔绝。他想要给我们一个机会过我们自己的生活,他说。

我们玩弓箭,仿佛我们是树林中的亡命之徒。房子盖好后,爸爸有了更多的时间。他向我们展示如何自己制作弓与箭,还向我们说明哪些是最好用的工具。我们做了长弓,高度有我们每个人那么高,用一整块硬木材削成。房子附近有许多白蜡树,但橡树更好,而紫杉木则是最好的,爸爸说。

他会挑选一段形状适宜的,然后我们剥去树皮,下面是新长出来的柔软部分,然后用车床将其切开,每次只刨去一点点,怕万一弄过头。我们用从周围树林里找来的材料做箭。在找目标练习的时候,我们先用钝头箭将就,朝着粗麻袋上画着的箭靶射。但等爸爸要打鸟、打兔子或是打麋子的时候,要用到硬的金属箭头,这就只能到外面去买了。

我们造的弓各种各样,有我们现在就能轻松拉开的,有能对我们的力量进行测试和加强的,也有将来才能拉得开的。凯茜拉弓的力量比我大得多,因为她的胳膊长,虽然我的胸膛比她略宽,但她还是比我厉害很多。箭射出去后她不朝后缩手,所以弓弦会抽到她的胳膊。如果拉弓的力量很大,再加上人累了或是胳膊没有对成一线,就会发生这种事。又或者某人的胳膊太过细瘦、容易弯曲,在被拉伸到极限时,肘弯柔软多肉处看得见蓝色静脉的地方会几乎凸出来。凯茜和我的胳膊都是那样的。你松开弓弦的那一刻,用的力正和弓弦回拽之力一样大,所以等箭射出去后,弓弦就会弹到左前臂上。这可不仅仅是皮肤表面的疼,而是比那深入得多。我身上除了一层皮并没有多少别的东西,所以弓弦弹得我可谓痛入骨髓。那些痛苦万分的震荡顺着骨头一波波送来,然后又向别处散去。

但凯茜似乎没有觉得痛,又或许她根本没在意。她从来不在前臂上戴臂带，总是把手臂尽可能地伸直，保持瞄准，因此不可避免地，由于她的手臂易弯曲，几乎向内凸起，她会把弓弦向后拉至极限，待松开时，便能听得"啪"的一声，弓弦弹在她柔软而又苍白的皮肤上。一直都是这样，她张弓搭箭，手松箭出，弓弦重重打到手臂上，一遍又一遍。她的前臂红肿起来，然后破皮，渗出灰黄色的血来，绕着手腕箍了一圈，就像皮肤染了一层金。

即便如此，她还是不改变自己射箭的方式。每次爸爸看见她这样就气得不得了。至少他生起气来，在气的同时还夹杂着爱；既有痛惜，又带着干预的气势。他会走到她身边，轻轻地把弓拿开，走出一段距离后坐下。他会等着凯茜平静下来，不再因为疲累而喘粗气，等她走过来坐到他身边的地面上，坐到落叶中间。我也会走过去，爸爸会拿出些苏打饼干和一块硬奶酪，我们便坐着一起吃，然后回到我们的房子里去。

第四章

有一个女人住在我们南边的地方。她的房子也许离我们有一英里半，但从我们住的这条路到她所住的路只隔了一个转弯，所以她也算是我们的邻居了。她独自一人住在一所白色的房子里，前门两侧各有一扇窗子。夏天的时候，屋子周边的格架上长满了香豌豆。屋子前后各有一个花园。她把自己深蓝色的汽车停在房子一侧，而另一侧则是一片农田的开端，种着几排紫甘蓝，随后是几垄甜菜。

我和凯茜都不太清楚她是怎么认识爸爸的。我们从来就不知道他除了我们俩之外还认识别人，但他们俩好像就那么自然地相互认识，尽管我们现在已经离莫莉奶奶的家很远了，我觉得所有人都该是陌生人。

住进新房后的第一个冬天来得很早，也很快。十一月的一个早晨，气温骤降，薄薄脆脆的冰绞住了排水管，覆上了窗台。天刚一亮，爸爸就把我们叫了起来，我们出门朝着邻居薇薇安的房子走去，先要顺着我家门前的小路走下山坡，然后再踏上她家门前的小路。我裹了两条鞑靼人的那种大围巾，外面穿一件墨绿色的羊绒外套，拉链一直拉到头，还把领口紧紧攥住贴到下巴上，把热量全都锁住，不让它有丝毫的泄漏。凯茜把厚厚的紫色步行袜拉上来，套住牛仔裤的脚踝部分，为她的双腿抵御一下刺骨的寒风。爸爸还是穿着平常的外套，只在下面加了一件羊毛套衫，手上戴了副摩托手套。

　　脚下软软草丛上的冰霜开始融化，令下坡路变得十分滑溜，我们每走一步都会向前滑出几英寸。早晨的空气中主要是树木的气息，几乎没有别的味道。夏日的芬芳被寒气收到了瓶子里。不过这其实是个晴好的日子，尤其现在太阳还很低，明亮的光线生生地切割过地上的草。我们踏实小径的时候，树木投下长长的、清晰的影子。地面上的石头算不得光滑，但像是被重型机械给抛到这里似的，虽说数量不多，却把光线切割得更加清晰了。

　　为了让身体热起来，我们走得很快，每隔几步我必须小跑一下才能跟上。凯茜从头天晚上起就没怎么说话，但似乎随着越走越远而变得心情开朗起来。

"怎么认识她的?"她问爸爸。

"通过你妈认识的。"

他一提妈妈,我们便没什么话好说了。我们几乎从来不说起她。他很少提起她,所以我们不知道是该将此看作邀请还是警告。从他讲话的语气中我哪种意味都没听出来,从表情也看不出任何端倪。他不带任何情感地走着,我抬头看看他,然后朝下看看前面的路,接着又抬头看他,活像我们家那些兴奋的小狗。它们在我们脚边碎步小跑着,每隔几步便抬起头来仰望一下自己的主人们。小狗们看的是我和凯茜。我们俩看的是爸爸。

小狗贝姬一直没有跑得离我太远,她在我的脚跟前跳跃着,尾巴不时甩到我的小腿骨上。我偶尔会踢到她,随即磕绊一下,调整好步子不要踩到她。

薇薇安家的花园颇为整洁,但看着却相当自然。乍一看上去地面有点不平,玫瑰花丛在根部被浅草纠缠着,细看之下却可以发现,地上并没有掉落的花瓣和干树叶,显然是清理走了。草长到房子的平台边便戛然而止,边缘有清晰的修剪痕迹以保持明确的界线,跟一排落地窗保持平行。

爸爸敲了敲门,薇薇安开门望着我们。她跟爸爸一样个子高高,但身材苗条。只见她一头浓密的赤褐色头发,肤色苍白到简直能看见下面流动的血,更衬出她两颊红润,眼睛湛蓝。这实在是诚实至极的皮肤，藏不住任何的印记、瑕疵或病态。她的样子有点疲惫，要么是因为时间有点早，要么是因为开始上了年纪。她也许有四十岁，但看上去有时显老，有时显年轻，因为她的瞳仁既有点亮绿也有点暗黄，背也有点不确定的微驼，在老太太和青春期少女身上都能见到。在盯着我们看的时候，她深深吸气又很快呼气，像是在酝酿着开始或是要准备结束。

"没想到你们来得这么早。"她对爸爸说，尽管目光还在姐姐和我之间跳来跳去。现在她朝着爸爸转过身来，脸上露出了笑容。她把门开大了一些，好把我们看得更真切，然后就邀请我们进去。

凯茜接受邀请，迈过了门槛，站到薇薇安跟前，后者把双手搭到她臂膀上。

"你一定就是凯瑟琳。"她说，"你还在学走路那会儿我见过你，你弟弟当时还出生没多久呢。"

薇薇安指引凯茜朝屋子里面走，我于是走进了门厅。

她朝我看了看，像对姐姐那样把双手紧紧地搭上我的臂膀。"丹尼尔，进来。"

虽说窗台上摆着厚重的植物，整个客厅却很是明亮。朝东南开的落地窗正对着早晨的太阳，阳光洒进来，落在小心贴在房间表面的规则严整的墙纸上。屋子里摆着一张挺深的沙发，上面蒙着破旧的蓝色丝绒，有两个大坐垫。坐垫的当中都深深地凹了下去，但外沿还是鼓胀的。沙发的一个扶手上搭着条毯子，上面用红色和白色的毛线织着一幅风景，不过因为折叠着看不清楚是什么。地面上叠了两张地毯，一张是灰色的，跟房间的大小和形状吻合，叠在上面的那张则呈矩形，两道短边旁有流苏，正中则是线条和角度的图案，我要是再小一点或是只有一个人，就会坐到地毯上用手指在这图案中好好探索一番。屋子中间摆着一张咖啡桌，落地窗边上则有一张圆形的直立工作台，上面铺着白色棉台布，旁边摆着把折叠椅。桌面上摆着一个碟子和一杯茶或咖啡，我想薇薇安就是在那儿吃的早饭。屋里有个壁炉，前面有道烟幕，生火的东西已经都备好了，却还没点燃。生火的工具都放在壁炉地面上的桶里，有煤钳、拨火棍、铲子和粗刷子。叠成三角形的报纸压得紧紧实实地储存在一个敞开着的柳条箱里，放在一个远离壁炉的安全角落里。壁炉台上有些装饰，我特别记得一个有罗马数字的小钟，钟面嵌在一块粗粗凿出来的石灰岩里。

爸爸和薇薇安也走进了客厅，和我们聚到一起。他脱掉夹克，双手插在裤兜里；而她则双手交叉抱臂，叠在胸前。

两人站得很近，仿佛一对老朋友，但并没有分离多年，相互之间有那种友情持续的舒适感觉。对，她站在他身侧，略微靠前,于是他的手臂有把她部分环住的可能。我看不大清,但两人之间也许是相互挨到的。

他开口了。他今天看上去特别潇洒,这仅限于我自己对潇洒的理解,而这种理解是仅仅从爸爸一个人的形象上得来的。

"薇薇安是你们妈妈的朋友。"爸爸很认真地又说了一遍,"她会教你们一些我教不了的东西。她擅长的东西我不会。你们以后早上就到她这儿来。"

我和凯茜从不介意执行爸爸的命令。有时候我们更像是一支军队而不是一个家庭。他不是那种会让你莫名其妙地去做什么事的指挥者,每个命令总有它的道理。

薇薇安看上去有点紧张,好像只有一半进入状态的样子。她的目光在我们两个之间弱弱地扫来扫去,两片粉色的嘴唇变白了,然后被硬拽出一个笑容来。

爸爸似乎对自己的计划颇为得意,他把两手交握在一起,对我们说道:"那咱们这就启动吧。我接下来几个小时正好有点事,你们今天就可以开始。"

他转身离开了房间。我听到门厅里传来一阵窸窣的声音,他从衣架上拿下依然有余温的夹克穿上,走出门去,"咔嗒"一声关上了门。

凯茜脸上挂着点敌意,她用怀疑的眼光看着薇薇安。薇薇安松开了环抱着手臂的手，走到了落地窗边的小圆桌跟前，桌上依旧放着茶和吃剩的蛋糕。她把折叠椅打开，坐了下来。她把目光投向我们俩，不过主要看的还是凯茜。

"我想要把这些课上得，怎么说呢，让你们俩都觉得有趣。"

我脑子一闪就知道她说错话了。凯茜瞪大了眼睛。她没有抬起眉毛或是转动眼珠。她甚至没有噘起嘴。只是瞪大了眼睛。她觉得自己仿佛受到了屈尊对待。受到了轻忽。我对此很清楚，因为我很了解我姐姐，比谁都了解，甚至比爸爸都了解，尽管他觉得他们俩在内心上是很相似的。

薇薇安认真地看着凯茜，弄不懂她为什么突然会陷入沉默。

但凯茜对爸爸要训练我们以应付整个世界的努力是非常当真的。对他这样的安排她感受到安慰。她希望自己能跟爸爸变得分毫不差，但也相信爸爸说的，他们之间很不相同，以及她必须要掌握不同的东西，她必须要找到一种不同的生存方式。如果爸爸觉得薇薇安的课很重要，那么她就会全力以赴地把这些课上好，至少一开始要这样。

于是凯茜不再瞪着薇薇安了，而是恢复常态，回到了当下的现实中。

"那我们该做些什么呢？"凯茜问道。

薇薇安冒险挤出了一个笑容。

那天晚上，我和凯茜出门来到爸爸建好房子前我们曾住过的那片空地上。那里依然可以看出饱经踩踏的痕迹，但地面已经比夏天的时候硬多了，原本伸展而出的树枝也变成了细细的卷须。我们坐到了两个冷冷的树桩上。

"我想象不出有什么能比长大后变成她更糟糕的事情。"凯茜说。她说的是薇薇安。

"我觉得她还行。"我回答，"她跟我们不太一样，可我不觉得这有什么大不了的。"

凯茜没有答话。她看着有点难过、不安，双手轻轻捧着装着热茶的马克杯，眼睛看着茶水。

我们之所以跑出来，是因为爸爸正心绪不佳，把自己独自关在房间里。他整天都开开心心，但到了五点前太阳开始下山，他的心情往下走了，无声无息地走出了厨房。我们没有马上注意到，继续在弄晚饭。一直等到我们把土豆洗好放进烤炉去烤，得空坐下来后，这才注意到他已经不在了。凯茜跑到外面的客厅里，想看看他要不要在晚饭做好前喝点啤酒或苹果酒，却发现他的房间门锁上了，在外面叫也没人应。她回来，饭做好后我们俩只能先吃，给他留了一盘，盖好放在架子上。我们忙活完后都很久了，他还是锁着门不知去向，于是我建议我俩到外面来了。

有时候他也会像这般锁了门出去，我们从来都不知道原因。我们当然会想，他准是遇到了什么烦心事，又不想让我们知道，可我们从来无法知道是不是确实如此，因为我们从来也没见到过。我从来没见到过爸爸放弃，从来没见到过他失控发火或失魂落魄，我天经地义地认定，我这辈子也休想看到他哭。也许他锁上门出去的时候会不一样。也许那些时候他会更放纵本性或收敛本性，看你怎么看待这个问题。但我什么也说不准，因为我从来也没看见。

凯茜没有回答我，我又重新想了想她说的关于薇薇安的话，想要弄明白她这么说的意思。有时候她的确会把人朝坏里想。她会详细告诉我为什么他们是坏人，还经常要让我跟她有同样的感觉。这次她没有解释，所以我就有点弄不明白。

"她不是很欢迎我们。"我想了一会儿后开口说道，"我是说，她既是又不是。她很有礼貌，也愿意提供帮助，跟你期望中的一样多。但她总是会愣神，就好像巴不得我们走似的。"凯茜什么也没说，我于是接着想下去。"她见到我们好像有点尴尬。倒不是说她怕有谁会看到我们在那里和她在一起。我们跟她在一起没什么好怕人说的。但她看上去很不舒服，是那种因为尴尬而感到的不舒服，不是不安或没有准备。我感觉这有点像是,就算没有人站在跟前让她觉得羞愧,但她还是感到了,她不想让那些看不见的人看到她在跟我们说话。"

"我脑子里想的不是这事儿。是她走来走去的样子。对,就是她走路的样子。她的身体是我见过最可怕的。她朝前走的时候总会朝两边扭来扭去。她的屁股。她甚至都算不得胖。她身上没有多余的重量,可她的胯骨那么大、那么宽,走起路来总会让她想到,让她不由自主地顺着胯骨的引导从一边扭到另一边。天哪,真是恶心极了。你能想象带着那样的屁股跑来跑去吗?你能想象你要逃脱某人的追赶,而你自己的胯骨在后面拖你后腿吗?你能想象你两条大腿的顶部跟那样的屁股连在一起会作何感想吗?你想逃跑的时候你大腿上的肌肉发生扭曲,你的膝盖竭力支撑着那样的屁股和你跑动时的大腿,一边又要跟你的双脚保持一致。你整个身体都在尽力向前,而那些该死的骨头却在把你往后拽。操他大爷的,我真是想死的心都有。"

她继续滔滔不绝地说着:"还记得那次我们沿着运河而下吗,丹尼尔?我都记不清是哪个小镇或是哪一年了,只记得你穿着那件白色的T恤,上面印着橘红色的落日,就是莫莉奶奶去度假的时候给你带回来的那件——我记得她就度过那一次假——所以你那会儿肯定只有八岁左右,因为你自那以后就长得可快了——在你九岁十岁的时候——自那以后你就再也穿不下那件T恤了。也许我们去的是谢菲尔德,不过我不记得了。这不重要。我们在一块儿,就我们俩,因为爸爸在别的地方。也许是在镇子外边跟人打架。管它呢,我们沿着运河而下,丹尼尔,你和我,就我们俩。太阳落山的时候我们正在走着,看见那个女人坐在桥下,膝盖缩起,两只手捧着自己的脸,就好像她的脸颊是她碰过的最软的东西,就像她是第一次触碰那样的东西。我们经过桥下的时候从她身边走过,地上有呕吐物还有一堆灰,没有什么东西烧焦,就是覆在铺路石上的一堆灰。她的手提包也在地上,口敞着,纸巾啊口红啊什么的都掉出来了,可她根本没注意,更不要说停下来把它们给捡起来了。那儿有一股草被人踩过后腐烂的味道,还有狗的味道。还有背景里的那个男人。你还记得背景里的那个男人吗?几乎完全给桥的阴影遮住了?站在铺路石后面的泥泞里?"

"我谁都不记得见到过。"我说。我的确不记得。但我记得那周稍晚些时候的新闻,说有个女人失踪了,说她最后被人见到时正在朝纤道走去。我记得姐姐告诉我们,说我们见过那个女人,说有个男人站在她的身后。

"但你相信我的吧?"她带着恳求的语气说道。

"当然,我当然相信你。"

"你相信我说的没错吧?是有个男人躲在她身后的阴影里帮了她一把?把她往河里推的?"

我和她对望着。警方花了几个星期寻找十九岁的杰西卡·哈曼,直到在几英里之外的下游发现了被一道堤坝挡住的尸体。在确认了死者身份后,他们得出结论这是一起正常死亡。他们说她是在喝醉后回家的路上不小心掉进了运河里,因最近的洪水而上涨的河流把她给卷走了。不过早在找到她之前他们就已经作出这样的结论了。其所根据的事实是那天晚上她跟朋友一起出去喝酒了。警方寻找过有可能想要杀她的人,可最终认定没有人有动机。然后他们找到了尸体,认为他们之前的假设得到了确认。但凯茜很肯定她看到过那个女人,此外还有一个男人,而且杰西卡·哈曼是被推下去的。

两学期以后,一个学生被发现给冲到了沿运河而下更远的一处水闸。这次是个男孩子,人们觉得他也是在喝醉的状态中失足落水,或者是投水自尽。不过我们又说起了凯茜在大桥阴影中看到过的那个中年男人,说要是有个陌生人偷偷摸摸地靠近,把谁在回家路上给推到河里了结了,那该是多么容易的一件事啊。对某个原本就步履不稳的人来说,只消用胳膊肘轻轻么一推就行了。两人是素不相识的。除非被人看见,否则永远也不会被逮到。

于是爸爸应凯茜的请求四处打听了一下。他什么也没有发现,但还是继续搜索着。晚上他沿着运河巡逻,一巡就巡了好多个星期,但没有遇到任何不正常的事情。他说,如果真有那么一个等着向年轻女子下手的杀人犯,那他也把他给吓跑了。

我们当然没有跑去找警察。无论是凯茜还是我根本提都没提过。人们对警察没什么信任,对他们没什么好感。

可我们都相信凯茜。

第五章

圣诞节前那一周有好几天都很冷。天一冷,我人也变得懒洋洋的。以前我会很热心帮爸爸干室外的活儿,现在我待在厨房里的时间越来越多,替自己找的都是能让我留在室内的活儿。我确保炉子的火每天都拨得旺旺的,仓库里的劈柴堆得高高的,这样就不用常常跑到外面去往房子里添柴。我打扫屋子,烤蛋糕,切圣诞节吃的派。爸爸跑到村子里的商店买回一张张金色、银色、红色、白色和绿色的纸,我开始动手把它们剪开、折好,再用胶水把它们粘成装饰物。

我坐在厨房的料理桌边,像在学校里干过的那样做雪花。我剪出圆形来,折成四折,再剪出圆孔和凹槽,等打开的时候就变成了一朵朵小雪花。参差不齐也不要紧,反正是对称的。金色的纸用来做星星。我用绿色的纸做出树的形状。冬天的树。我是照着树林里不多的几棵松树做的,现在只有它们还是绿的。从那几棵松树上,爸爸又拿来了绿色的松针和松果供我做花环,那都是我照着在圣诞卡上见过的样子尽全力依样画葫芦弄出来的。

"你这孩子可真有意思。"圣诞夜那天早上爸爸这样对我说。时间快九点了,他已经醒了之后干了几小时活儿。他照料完鸡之后又遛了狗,那几条当初的奶狗已经长成了小狗,神情有些紧张,长着白花花的门齿和显得太长的腿。头天晚上下了雪,爸爸把雪铲成了堆,现在看着像一道分布得有点怪异的山脉。小狗们已经在雪地里到处留下了深深的爪印,现在正在攀登这些新出现的山峰。

"为什么说我有意思?"我问。

"不知道。你喜欢把房子弄得漂漂亮亮的。"

他从桌子下面拖出一把椅子来坐下,我起身拿一直坐在炉子上的咖啡壶给他倒咖啡。我们家的咖啡总是做得很慢,要在架子上煮上好几个小时,煮到味道全出来,喝着发苦,闻着有烟熏味儿。我们就喜欢喝这样的咖啡。

我替爸爸做了一顿丰盛的早餐,吃完后他又跑到外面的寒气中去了。

一早上我都在继续做纸工装饰品,然后把它们在屋子各处布置好。我把有些嵌到了窗框和此刻自然已经结了霜的窗玻璃之间的小缝里。另一些则贴到碗橱上、架子上，或是塞进画框。我把裁剪后剩下的边角料做成金色的、银色的、红色的、绿色的、白色的纸链，挂在了厨房天花板的钩子上，爸爸原本装这些钩子是为了挂干肉。

爸爸没有回来吃午饭，这不大寻常，尤其在这么冷的天气。在某一刻，我朝窗外望去，想看看他是不是在回来的路上了，可没有，于是我就把给自己和凯茜做的蔬菜汤端上了桌。我们简短聊了几句爸爸没回来的话题，剩下的时间里就静静地把饭给吃了。

下午也这般平安地过去，转眼间天就开始有点变黑了，我不禁有点担心起来。倒不是说时间有多晚，那会儿其实也才四点不到。一年到了这时候，往往我都觉得自己起来后还没真正醒透，天已经又开始变黑。不过爸爸像今天这样，在外边儿待一整天都没回来一次，没吃上一口饭，这可实在少见。不光午饭没吃，就连一小块蛋糕或是一块燕麦饼干都没吃。更何况今天还是圣诞夜。我做了一顿有热气腾腾的派和炖洋葱的大餐，够我们应付到明天，再享用有烧鹅的大餐。凯茜特意留在家里，还在小提琴上排练了圣诞颂歌。她的琴弓在琴弦上轻巧地跃动，仿佛她在拉的是水手小调而不是赞美诗，但我还是能辨认出旋律来。等她真正进入舒缓的拉弓阶段，我就跟着哼了起来，在我知道歌词的地方就放开嗓子唱。

天全黑以后,我想着要拿上个火把去找爸爸,但外面的天地那么大,而且所有东西下了雪之后样子就全变了。我虽然已经对这片树林相当熟悉了,但还是不能肯定自己凭着手中这么点小小的亮光能找到回来的路。在白雪的反光下,熟悉的颜色和周围景色的准确轮廓都变得模糊,而且我还不敢确定爸爸就在这片树林里。爸爸经常就在树林里转,但也不总是如此。虽然他说他在树林里还有没干完的活儿,可他也说过他不会在外面待太久的。

我想到了他在树林里干活时用的工具,那些锋利的长柄斧、小手斧和锯子。我以前见到过他突然手滑,划破了自己的大腿,挺深的动脉血管都能看到了;我还看到他在外面的冰天雪地里走过,从腿上流出来的血先是把周围的雪给融开,但雪随即又冻上,把血重新裹了进去。

就在我已经穿好了外套和靴子的时候,爸爸的身影出现在了门框里。客厅里很暗,因为我把客厅通往厨房的门给关上了,为的不让屋里的热气跑掉,所以照亮爸爸身影的只有天上的星光,和擎在他右手中的灯笼放出的金色光芒。

"要出去?"爸爸问我。

"想去看看你跑哪儿去了。"

"你姐姐呢?"

他没有等我回答就喊起了她的名字。圣诞颂歌戛然而止,她从外面走进了客厅。

"你们两个都跟我来。"爸爸吩咐道。

凯茜一下就把两只脚滑进靴筒里,又蹦跳了几步来到衣架前,穿好了羊毛外套,最后又套上了海军蓝的橡胶雨衣。我们跟着爸爸来到外面的寒气中,随手重重地关上前门。他深深的足印从树林边缘一直延伸过来,我们便顺着这些足印反其道而行,以免打扰更多的雪。白蜡树和榛树都只剩了光秃秃的树枝,每有风吹来便瑟瑟发抖。树枝上结了霜,挂满了各式各样精致的雪花。尤其是许多年前被修直过的榛树,因为有许多的斜面和凹陷,都能存得住雪,积多了便压紧再重新结冻。高一些的树枝上倒悬着许多冰凌,那是雪遇到中午的太阳后慢慢融化,寻找着通向地面的路径,又被严寒给再次截住的结果。

我们到达林木线后继续朝前走着。爸爸的灯笼在他手里晃来晃去,我们笨手笨脚地跟在后面,落尽了叶子的秃树枝投下的细长影子也在摇摆、跃动着。在经过常绿的松树时,光线聚集着穿透那些松针,像水渐渐浸透狗的毛皮,地上的影子变得毛茸茸起来。

接着,光开始发生变化,地上细长的影子变成了投向我们的点,那光是从正前方的某处光源发出的,穿透树丛而来，随着我们的每一步而变得比爸爸的灯笼光更强。那光越来越亮，却依然看不清出处，因为四周都有树干和裹着雪的林地植被遮挡。白雪反射着光线，待我们走近时，四周的一切都被照亮了。

我们绕着一棵巨大的松树转了一圈，见到了光从哪儿来。大松树旁边还有一棵松树，比这棵要小得多，比树苗大不了多少，还没有爸爸高，树上挂满了灯笼。我又凑近一看，发现每个灯笼都是由牛奶瓶制成的，奶瓶的瓶口下面紧紧地缠了一道电线，电线的另一头向上翘起，可以钩住树叶。每个奶瓶都存了四分之一左右的灯油，灯油上有薄薄的金属盖子，一根粗粗的灯芯伸出盖子。盖子是为了不让所有的灯油一下子全都燃着，只让其一点点浸润灯芯，让灯芯的顶端燃着。每个牛奶瓶灯笼上面的四分之三体积让空气得以在火焰周围流动，每一团火焰都闪耀出黄褐色光芒；而其他瓶中的火焰又使得每一瓶中的灯油也闪着微光，一边跃动着、折射着，一边慢慢地旋动着顺灯芯而上，一路通向火焰，慢得就像静水沿着土坡向上运动。这实在是一幅极美的景象。

我们在树边待了约莫有半个小时，看着这些灯笼，玩着烟火，抽着烟闲聊，呼吸着凛冽的林中空气。走回房子去的一路上我们沉默无语，因为已经把一天要说的话都说完了。

那天晚上我在床上睡得特别舒服。毯子暖暖地裹在身上,跟外面刺骨的寒冷简直是天壤之别。我把毯子一直拉到鼻子,在温暖中睡去,鼻子里满满的都是旧亚麻布的味道。

圣诞节这天的上午刚开始时天光晴好,一片白色,待到要结束时却是雨夹雪留下的一地泥浆。之前的景色因着白雪而闪亮,而到了中午时分一切都黯淡下来。

我们烤了鹅,吃了鹅,凯茜也演奏了小提琴。

我们出门再次去看那天晚上的圣诞树,接下来的一天也是如此,之后的每天都是如此,直到第十二夜来临,如爸爸所说的那样。他在我们去之前重新给奶瓶灯笼装满了油,重新点亮,让我们看到了跟那天晚上同样的景象。小树林里随着热空气的上升,到处充溢着松香和松针的味道。燃烧着的灯油发出令人紧张的噼噼啪啪和嘶啦嘶啦的声响。

等爸爸最终把牛奶瓶从树枝上拽下后,他把它们收在了一个柳条箱里,跟工具存放到了一起。他跟我们说等下一年可以跟我做的那些纸工装饰品一起再拿出来。但几天后我和凯茜看到,在木柴垛上还有一堆烧焦了的树枝和被燎到过的松针。这些都是从我们那棵圣诞树上来的,有些地方还是鲜嫩的,从砍下来的地方依然可以见到柔软的绿色,但其他地方已经全焦了,干得一碰就碎,纤弱的叶子还在往下掉,整个儿像炭烧过的羽毛。把它们燎成这样的一定是那些灯笼长期散发出的热量,而有些之所以被烧焦,是因为某个灯笼的金属隔层没能起到阻隔的作用,令瓶中的灯油一下子都烧了起来。

我们走进树林去看造成的破坏。同样,有绿枝被砍掉的地方变得光秃秃。这里没有黑色,没有烧焦的木炭,这些都被清除了。但整棵树显得稀稀拉拉的。它受伤了——还不仅是受伤,可以说是遭到了毁坏。它现在看着一点都不像周边那些伙伴了。

我们一直都在利用着树木。我们砍下树枝,有时还把整棵整棵的树砍倒。我们在炉子里烧木柴,我们把树木砍削成有用的形状和小片。因此,没有理由说这次有任何的不同。

第六章

普莱斯先生是那种有行人在过马路时还会让车子加速的人。你可以听到他的引擎变得僵硬，声调变高，加速前行。

凯茜说他喜欢看到我们跑，但这可不是在闹着玩儿，就像某些好人逗小孩那样，就像小孩子把皮球踢到别人家的小径上后，某个好人故意拿住球，假装不还给他们，惹得小孩连声尖叫，但最后当然会眨眨眼、点点头，把球还回去。凯茜说普莱斯先生是对他不喜欢的人做这样的事，尤其是对我们，因为他讨厌我们，因为他喜欢看到我们为了不让他的车压到，慌慌张张地跑出最后几步，来到安全的区域。她说，也许他想要压死我们，但在快要压死时突然感到一阵恐惧，而且他不能在爸爸在场的时候杀死我们，于是，他只能吓得我们快跑。

普莱斯先生有好几辆车，但走访房客的时候开的是蓝色的标致。他走访的是用现金向他交租的那些人。其他人则在他的土地上或别的地方替他干些非正式的工作，并以此来支付房租。普莱斯先生更喜欢这种方式，这样他不用替他们付工资，还能像狗一样差遣他们。

他的土地绝大部分是继承来的。附近村子里的房子大部分都是他的，他所拥有的土地也是本地地主中最多的。后来，他买房子一路买到了镇上。这些房子是过去的镇属产业，在二十世纪八十年代作为撒切尔夫人推出的"租赁者置业权计划"的一部分被租客们买下。但后来随着经济萧条，房东们破产，普莱斯先生又从他们手中把房子买了下来。原先住在房子里的人们依然住着，但要重新付租金了。这次换成了付给普莱斯。这次付现金或者以工代租。

普莱斯先生有两个儿子：汤姆和查理。他们在南边几英里远的一家寄宿学校里玩板球和足球，放假的时候回来和父亲一起住。

我们从村子里的人们那儿听到过一些故事，说这两个样貌英俊的花花公子经常会把酒吧砸烂来取乐，因为他们知道自己的父亲能付得起损失。这两位帅哥在他们还是孩子的时候，曾经开着某个农夫的拖拉机，撞破他家谷仓的墙，又从谷仓的另一边开出来，把干草间硬生生给碾出一条隧道来。

不过他们在学校里倒是学过各种各样的礼仪。现在他们几乎长大成人了，他们开着父亲的跑车穿过村子，到了半夜，要是他们喝多了，就开着四轮摩托从邻居家的庄稼地里碾过。两个帅帅的浪荡子。

我们在自己盖的房子里度过的第一个夏天和秋天，普莱斯先生没来管我们。但到了新年，他就让我们认识了他。他时不时地到我们的房子来，尽管我们并不是他的租客。他们说爸爸对这儿的土地提出过权利要求，但没有买下来，而我们把自己的房子盖得像个要塞。

普莱斯先生第一次来的时候没有开蓝色标致，而是开的路虎。这是他所拥有的最大的车。隔着老远，我们就听见它沿着刚压实的土路一路开到我们房子跟前。我们听到那些小石头在路虎的硬质轮胎下发出压抑的爆裂之声。爸爸那会儿正在沥水板跟前擦干碗碟，便走到窗前去看。爸爸视力很好，之前也知道普莱斯先生这么个人，但他依然没有马上认出开车的人来。他把抹布搭在自己健壮的左肩上，朝着前门走去。有人到我们房子来是很难得的，更不用说开车来了，于是我和凯茜也都跟了出去。

当时是一月下旬，我们脚下的山坡上开满了白云般的雪花莲。普莱斯先生停好车，从底盘很高的车里下来，眼睛从我们身上扫过。他穿着一件棕色上过蜡的皮夹克和一双橄榄色齐膝高筒雨靴。他的头发是浅灰色的,间杂着几缕白的,修剪得很整洁,胡子也刮得很干净。他样貌英俊、身体健康,身高也许六英尺稍稍不到一点①。

爸爸虽说有点粗野,其实还是很喜欢与人相处的。他对别人的喜欢就像猎人对猎物的喜欢,深挚中却也带着冷酷的尊敬。他朋友寥寥,平时也很少来往,但他非常珍惜这几个朋友,像对待珍贵的纪念品一般,对他们照顾有加。

普莱斯先生不是爸爸喜欢的人。此时,他已经看清来者是谁了,便站定下来,等着对方。

普莱斯先生走过来向爸爸伸出手。他的皮肤晒得有点黑,肤质略硬,带点蜡色,像加工过的松木。他手上没有戴戒指,只戴了块大金表。

"你一点儿都没跟我说过要来啊。"爸爸先开了口。

"我没你的电话号码,约翰,叫我怎么事先通知你?"普莱斯先生从内兜里掏出一顶布帽来,用另一只手捋了一下头发,戴上了帽子。

"你可以叫村子里随便谁给我带个话啊。"

普莱斯先生耸了耸肩。

"也许你知道我会拒绝你的。"爸爸说。

"你不会拒绝我的,约翰。我们是老朋友了,你和我。

---

① 一米八左右。——若无特殊说明,本书脚注均为译者注

我想你会跟我像老朋友那样打招呼的。"普莱斯先生微笑着说道,"除此之外,我们曾经共同拥有过某样非常真实的东西。"他笑出了声,露出了能切割玻璃的好牙齿和绯红色的口香糖。

"你想要什么?"爸爸问。

"不多,或者对你来说不多。对我来说却很重要,我肯定你会明白的。"他转过来看了看我,然后是凯茜,然后目光又回到我身上。"你现在还放飞鸽子吗,约翰?你还有鸽房吗?"

"没有了,"爸爸说,"早就不干了。"爸爸站在那里,腰板挺得笔直,显得高大魁梧。在他把周围的空气吸进宽敞的肺里后,身体看上去会比之前显得轻一些,就像马戏团的帐篷被上升气流给托了起来一样。

普莱斯先生恳求道:"是这么回事,我的一只鸽子不见了,我最好的赛鸽之一。或者说我觉得可能要不见了。这只鸽子还小,我正在对它进行考验。它是最好的鸽种,我曾经——现在也还对它抱有极高的期望。可它原本这会儿应该回来了。应该是昨天回鸽房的。"

"也许它并不像你认为的那样出色。"

"不,不会。我是在不太远的地方将它放飞的。照我放它的距离来看,就算慢也最多慢几小时、几十分钟而已,不会慢上一天的。"

"那它就是不见了。"

普莱斯先生向内咬着自己的下唇。"我也明白。我就是想弄明白原因。究竟是叫什么给引走了呢?还是叫人给打下来了?"

"你来就是想跟我说这个?"

"对啊,当然啦,还能是什么呢?"

"那我就直截了当地告诉你,我不知道你的鸽子在哪里。你只能到别的地方去问问了。"

普莱斯先生并没有就此罢休。他把重量移到另一只脚上,又继续说下去。

"你在这儿四周打猎的对吧,约翰?也许还有一点点的偷猎,不过这在朋友之间算什么呢?这儿没人在乎这些的——靠打猎也挣不了几个钱。而且,大多数农夫会把这看作是你帮他们清除庄稼祸害的酬劳。消灭二十只兔子,就可以这儿那儿地打上一只野鸡,对吧?没人在意的。你在我们这儿可是大名鼎鼎的。"他停了下来,有可能是在等待着回应。没等到后他又接着说了下去。"但你们是吃兔子的,对吧?对你来说这不仅仅是一项运动。我也许会发现这些孩子都挺擅长给动物剥皮的。也许还会给鸟拔毛吧。"

"我们没有把你的鸟抓来吃。斑鸠和赛鸽之间的区别我还是知道的。你的鸽子准是叫鹰给抓去了。我敢肯定，今天一大早你就弄明白这件事了，然后才作出决定开车到我这儿来的。"

普莱斯先生似乎要表示异议，但他没有。停了一会儿之后，他说："我知道你是对的。我知道。我就是想问问你有没有看见什么。那是一只非常漂亮的鸽子，知道吗？我养鸽子养了有十年了，这有可能是我遇到过最好的一只鸽子。不过也没什么。一只鹰把它给抓走了，我会设点陷阱，让这附近的鹰少一点的。见到鹰就打下来，好吗？"

"我不会打的。"

"对，你当然不会打的。好吧，算了。咱们看看它的兄弟姐妹能飞得有多快，好吗？看看它们能不能比鹰飞得快。"

他准备要走了——几乎就走掉了——可结果没走。他又看了看我和姐姐，停了下来。"这两个孩子不去上学，不跟同龄的小朋友在一起，一定很孤独吧。这儿就你们三个人，他们俩肯定会感到孤独的。"随后他又说道，"什么时候我把我那两个儿子带来，让他们交交朋友。"

爸爸什么也没说。普莱斯先生朝凯茜扮了个鬼脸，爬回了自己的路虎。车子在我们身前掉了个头，沿着小路下坡开上了大路。引擎发出的声音很轻，车子很快就开没影了。

路虎开走后,爸爸在原地又站了一会儿,但呼吸已经不似先前那样平静,像一艘被不规则的风吹得载沉载浮的帆船。

"他到这儿来到底有什么目的,爸爸?"凯茜问。

一个冬天过去她长高了点,却也变得瘦弱了。她的骨架子撑开了,单薄了,身上的肉也跟着撑开想要盖住那些骨头。她无法像从前那样能精细地掌控自己的动作。她的膝盖不知道股骨和胫骨的长度,走路的时候双脚啪嗒啪嗒地拍打着地面。站着的时候,她习惯于把重心轮流放到一条腿上,没有承重的那只脚放到身后,用脚指头着地,顶着承重的那只脚踝。发生了变化的也许是她的臀部。她永远也不会有她害怕的那种宽宽的、特别适合生孩子的髋骨,这种俗称中的"大屁股"会把女人的整个身体改造得与其吻合。但她也有自己的问题,她的骨盆有点长歪了,所以她的体形线条跟别人不同,后腰这里的脊椎不能像以前那样直直地往上长了,而只能弯曲过来与骨盆的倾斜相匹配。

"你是从哪儿认识他的,爸爸?"她的问题没有得到答案。

有时候,我感觉爸爸会在我们的问题面前左右为难。他想做一个诚实的人,对自己的孩子知无不言,把他现在和过往生活的细节都告诉我们。因为他知道,如果说有什么细节不适合我们知道的话，那恰恰是应当告诉我们的理由。他现在所做的每样事情，都是为了让我们变得更加坚强，以对抗某种不可见的东西。他想要赋予我们力量来抵御存在于世上的黑暗。我们知道得越多，就能准备得更好。然而，在我们的生活中没有外面世界的任何东西，只有关于它的故事。我们从学校、从家乡被带走，跟爸爸住进一片小树林。我们没有朋友，也几乎没有邻居。我们从一个女人那里得到某种形式的教育，她懒洋洋地从自己的图书馆里把几本书扔到我们腿上，而这个图书馆里的书只符合她自己的口味和思维方式。她或许痛恨我们的存在。她或许在心底里觉得我们肮脏而又愚蠢，而她之所以在我们身上花时间，只是出于对爸爸的某种义务而已。

看来，这才是任何人会为我们做任何事的原因。至少在这一片是这样。他们害怕爸爸或者欠了他人情。其他人似乎并不拥有他所具有的那种爱，也不拥有他在山坡顶上这所瞭望塔中对他们所怀有的关心。其他人看到的是互惠与亏欠，是单凭他的外表便想象出来的威胁，是他通过存在于他们身边而传递到他们肩头的负担，是他对正直的坚持，是他对旧世界道德的维护。彼得送给我们的那两条杂种小猎犬是忠诚的象征，虽然爸爸觉得这足以抵偿他所提供的服务，因为他之所以替彼得出头其实是为了抚平自己心中的挫败感，但我知道彼得心中依然感受到亏欠，或害怕着这份亏欠。爸爸的性格从来都不是能平易近人的。他的行事和举止中没有慷慨大方或让人安心的特质。爸爸唯一有名的，就是他是任何人遇到过的最强壮的人，他在打架的时候手下无情。

爸爸当然不知道这些。他无法看透别人的心思，恰如他一眼能看透别人的身体，知道别人比他矮小、瘦弱。而且他从来就无法想见我和凯茜能有离了他的活法。我们的体格不像他，所以我们怎么有可能像他那样抵抗住这世上的风雨呢？他见识过暴力，现在也在见识着暴力，因此他无法理解，要在这世上保全住自己，为自己谋得一席之地，除了凭肌肉和双手还怎么能做到。现在我看得出来，他把我们跟他捆到了一起，让我们珍视他的珍视，畏惧他的畏惧。

他没有回答凯茜的问题。

爸爸有一次跟我们说过，任何的战斗在某一时刻都是两个人之间的对打。这里面或许会有军队、政府和意识形态，但在任何一个特定的时刻，只有一个人在和另一个人对打，一个即将杀人，一个即将被杀。其他男男女女，无论是站在你这边还是与你为敌，全都隐没不见了。只有你和另一个人站在泥泞的战场上，衣服下面是赤裸的肌肤。爸爸说，我们遇到外人的时候一定要记着这一点，要记得在某个特定的时刻，你只能盯着一个人的眼睛。

凯茜又问了一遍我们怎么会认识普莱斯先生的，爸爸依然没有回答。

"一定要小心普莱斯先生。"他最后才这样说道，也只说了这么一句。

凯茜双手环抱着臂膀，沉默了一会儿。

"他会回来吗？"她问。

"会的。"

第七章

工作日我和凯茜都会上薇薇安家去。爸爸先陪我们走过去，跟薇薇安一起喝点热茶，然后离我们而去，吃午饭的时候再回来。她像学校里那样给我们上课，只是不像学校那样有课程表。上课的内容主要是薇薇安当时正感兴趣的东西，或是她当天脑袋里正好冒出来的想法。

尽管努力了，但凯茜并没有信守自己的承诺。她捧着书本和文件坐了下来，学得还挺像回事，碰到薇薇安和我讨论读完的书她也会加入进来。但过了没多久她就变得躁动起来。她透过客厅的窗子望着花园和更远处的田野。即便没有望着外边的时候，我也知道她的心思其实在外边。我想要跟她说话，但那些话跳跃着、回荡着，仿佛离开房子而去，并且穿过她遁入了远处的世界。我的脑袋只想着内心世界，而她的脑袋只想着外面的世界。

经过了最初的努力后，只要天气不是太冷太潮湿，凯茜都会跑到外面薇薇安的花园里去。有时候她会带着薇薇安给她的书去，而通常是空着手去的。她偷偷溜进花园，然后又跑进田野，一直等上午快结束了，才赶在爸爸回来前回来。我们一起吃饭，就好像之前四个小时一直都坐在那里一样。薇薇安没有阻止凯茜，也没跟爸爸说起她之前不在的事。爸爸也没有问起我们学了点什么。这些都是相互分隔的世界。

我喜欢待在房子里。跟爸爸和凯茜一起在室外度过了那么多时间后，这对我来说是一种很愿意接受的变化。薇薇安把家里的火拨得很旺。天下雨的时候，雨水慢慢地、大滴大滴地顺着双层玻璃窗淌下来。经过一段时间后，便在窗上留下一道细小的余痕。她把松软的毯子整洁地叠好放在扶手椅边，还有那几个她祖母和姑奶奶绣了丰收景象的垫子。那些在薇薇安家度过的上午既舒服又安全。这是一种截然不同的生活。

凯茜曾经说起过薇薇安笨拙的身体，可是当这个女人在自己家里走来走去时，真是一点都看不出有什么笨拙的。至少我不觉得。她对于凯茜关注的那些特点似乎毫不在意，走起路来一副不管不顾的样子，在自家的环境里没有丝毫拿腔作调。她跟爸爸不一样，根本无法从暴力的角度来衡量。我想这正是让凯茜感到吃惊的东西。连我也觉得这一点是很引人注目的。我爱爸爸和姐姐,但薇薇安和他们不一样。她跟我谈历史,谈诗歌,谈她在法国和意大利的旅行,谈艺术。我开始看到一个能以截然不同的方式与我融合的世界。我开始喜欢室内超过室外,那把扶手椅、那些毯子和垫子、茶水和蛋糕、窗帘和擦拭过的黄铜饰品、薇薇安的书,所有这一切都给我带来舒适的感觉。我坐在屋子里读书喝茶的时候,凯茜则在田野和树林里散步或奔跑,她也在以自己的方式阅读着这个世界。

一月份某个周一的早晨,我们跟往常一样走去薇薇安家,凯茜又跟往常一样拿起布置给她的功课跑去了外面。我挑了把火炉旁边的扶手椅,用一条柔软的毯子把自己给裹起来,脚搁在一个落叶颜色的厚垫脚凳上。薇薇安则趴在壁炉边。火炉没点上。她从堆头里抽出旧报纸捏成紧实的球,然后往炉格栅里塞进去。我看着她把煤放到报纸上面,然后再把一根根木头像辐条一般放到最上头。她点燃四根火柴,放到四角的报纸上,这堆东西便慢慢地被涟漪般漾开的火苗给覆盖了:有的地方明亮得像冰,有的地方则黯淡得像烧焦的柏油。

以前在学校的时候,我学过读书写字,学过数数和加法,但当我回想上过的那些课,想到的并不是这些技能,而是一连串令人感觉耳目一新的意义深远的发现。人们曾经住山洞,与长毛的猛犸象为伍。有些微小的被人遗忘的生物如今深埋在了岩层里。世上曾出现过一个令人珍爱的小宝宝名叫耶稣。盐和糖溶于水,这说明它们是可溶的。家蝠是最小的蝙蝠,它们是用耳朵来"看"东西的。河流在山川间切割出深谷。月亮自己不会发光。约瑟穿着五彩梦幻衣①。

在薇薇安这里上的课就不一样了。今天我应该要看的是一本关于飞机力学的书,里面有飞机零件的插图和如何把这些零件组装到一起的示意图。书中还把美国飞机与对应的苏联飞机并置在一起两相比较。几周前,薇薇安跟我说,她有点担心教我们的科学知识太少。科学和技术,这是她的原话。还有自然世界。于是她开始叫我们看她所拥有的关于老爷车、布雷肯国家公园的动植物群、不列颠群岛的蘑菇和真菌、大峡谷的地质情况,还有几年前被人送到旧货商店的照相机使用手册,上面还列出了各种条件下快门速度和光圈的参考值。和这些书一起她还给我们配了一本词典。她想要教我们书里的那些单词,那些物体和生物的定义,还想让我们看到样子就能叫出名字来。对于哪样东西如何运作,或原因如何,或所有的鸟类和甲虫是怎样活着的,我并没学会多少。我只学会了它们的分类。

---

① 指《圣经·创世纪》中关于犹太民族祖先约瑟的故事。

薇薇安留在火边看它如何越烧越旺。她伸出双手在火边取暖,炉火散发的光与热将她的手掌慢慢变成带点浅浅的黄褐色。我于是不禁想起她的分类问题,不知道薇薇安这个人该如何描述。

"你是干什么的,薇薇安?"

"什么也不干。"她说。

她不说话了,我也不想引她多说,但她没过一会儿就又捡起了话头。"眼下没在干什么,但这么些年里我做过各种各样的事情,我比你们想的要老。"

我一点儿都不知道她有多老。我唯一可对成年人的年龄进行比较的对象是爸爸,可爸爸既饱经沧桑又活力十足,不认识他的人很难看出他的年龄来。

"我以前当过画家,"她接着说下去,"当过诗人。我还为了钱在办公室里上过班。我还花了四个月想要当律师,不过放弃了。有一次我还差点当上了海军军官,不过那实在是荒唐至极,因为我既不是很入世的人,又对船一无所知,还从来没在海边待过。其实我有一次在一个能俯瞰诺福克海岸的地方租过一间小屋,结果我发现自己几乎没怎么朝窗外望过,每次出门散步还都是朝内陆方向走的。很奇怪,是吧?"

"凯茜和我跟莫莉奶奶住的时候,我们总是到海边去散步。"

薇薇安不露齿地微笑了。"大多数人都会的,但我对任何东西都没什么真正的兴趣,对任何东西都不怎么在意。对大海啊、室外啊、自然啊,对什么都不在意。我其实没有任何真正的兴趣。我的母亲和外婆都很会缝纫。"说到这里她拿起一只带刺绣的垫子来,"但我就是不感兴趣。我做事情都是干一会儿就厌了。画画儿啊,写作啊都是如此。一阵心血来潮,后来都放弃了。"

炉火中溅出几个火星来,她把火星掸掉,从壁炉边走开了,膝盖弯曲的时候发出"喀喇喇"的声响。

"我脑子里想着游泳,但我不真游。"她说,"我想象在水中,尤其是大海里会是怎样的情形。我想象把自己的身体慢慢浸入冰冷的海水,完全没在水中,然后出来透气是什么感觉,但我从来不去游泳。我不去海滩,也不下水。有时候我觉得自己可以当演员的。这是我唯一没有尝试过的职业。从某种意义上来说,我这一辈子都是在扮演着别人,扮演着我头脑中幻想出来的人格,扮演那些在世界各处游历,做着各种各样事情的勇敢的人。但对我来说,真正重要的并不是要做成哪些事,重要的是兴趣。我扮演的人对他们身边的世界怀有兴趣。我想他们以一种我所不会的方式爱自己所做的事情。他们真是太棒了。"

她在沙发上坐下，但身子保持挺直，而不是顺着沙发的弧度陷进去。"你呢，丹尼尔？"

"我不知道。"

"你爸爸和姐姐呢？"

"我不知道。"

"要是你都不知道，我又怎么能知道呢？不过我倒确实知道他们是很棒的。他们要是对什么东西在了意，不管是什么，都会全心全意地投入。他们能跟任何人在意的一样多。他们不会假装，跟演员那样。他们不会担心被人看见自己在做某事。他们照做不误。"

"爸爸喜欢打架。"我说。

"对，我知道。"薇薇安说，"这些我全都知道。"她看上去好像真的知道。她看上去好像比我知道得还多。我不禁又猜测起她和爸爸是怎么认识的。爸爸是个粗人，而眼前这位衣着优雅、性情温顺的女人却喜欢坐在自己漂亮的房子里，身边都是些漂亮的东西。

"那是他的工作。"我说，"他说那只是用来挣钱的。"

"你相信那只是一份工作吗？"

我抬起头朝薇薇安看了一眼，然后把目光投向了炉火。

"很多男人觉得自己应该要暴力。"薇薇安说，"在成长的过程中，他们把充满暴力的生活看作值得去追求的东西。

他们没有任何概念这到底意味着什么,真到陷入其中时每一分钟都令他们感到厌恶。你父亲不是那种情形。当他靠近暴力行为时,他的身上会出现一种张力,暴力行为结束后他又会平静下来。他的紧张不安出现在他要去打架之前。他最意气消沉的时候,是离前一场打斗已经过去了两三个月,而下一场打斗要两三个月后才会到来。这时候你会看见他身体发抖。你爸爸他需要暴力。我不会说他从中得到乐趣,但他需要暴力。暴力能让他解渴。"她坐在那里看着我。也许过去了有几分钟,但我没有作出什么反应,而她也没有再说话。最后她开口问道,"你见过鲸鱼吗,丹尼尔?"

我告诉他,现实生活中没见到过,只在电视上见过。

"那你在电视上见过鲸鱼腾跃吗?"她问,"就是它腾空跃出,只为了再重重地拍打到海面上。见过吗?溅起巨大的水花?"

我说我见过。

"我们并不完全理解为什么鲸鱼要做那样的事情,但作出了许多猜想。有人说,这样做是为了以一个不同的视角来看世界,尤其是看大海,来看一看它们终生游泳其间的到底是个什么样的东西。这就像我们人类把火箭发射到月球上,就为了在今后五十年里凝望我们自己身处的地球。鲸鱼也需要那样的体验。一种不同的视域。也有人说鲸鱼追求的并不是视觉上的体验，而是感觉上的。当他们跃出水面的时候，它们能感受到自己的身体在空气中的大小和重量。它们感受到重力，感受到干燥与寒冷。而当它们由空气托着的全部重量砸到坚实的海水表面，震动会传遍它们全身的脂肪层。有人说这样做是在除去体表的死皮、附着的甲壳动物和苔藓，这种腾跃就像马用臀部在粗糙的树皮上蹭。其中的道理是一样的，不是吗？都是需要一种身体上的刺激，这种刺激用其他的方式是得不到的。那种刺激会形成固恋，每次在感受到以后，会有压力慢慢积累，直到能再次感受刺激。我想在鲸鱼身上应该就类似这么回事。它们在海里游了几天甚至几周，吃、睡、呼吸，然后开始想起上次跃出海面的事，回忆起把头，然后是身体和鳍，再然后是尾巴全部跃出海面的感觉，回忆起陡然间悬空在一种充斥它们的肺却令它们的眼睛变干的物质中的感觉，更特别回想起悬停于空中片刻后再回到水中的感觉。嘭。漫天的水花。鲸鱼继续想着腾跃，越来越想，直到产生了难以抵抗的再重复一次的冲动，于是跃出海面，只为了再次落入海中。此后便得到一段时间的满足。我想你们的爸爸就是那样的，像一条大鲸鱼。他跟人打架就像鲸鱼腾跃。只是更加血腥，血腥得多。而且这不是一个孤独的行为。这不只是一个动物外加一些要素，而是涉及另一个动物。另一个人。但其实是一样的。是为了解渴。"

在那天早上剩下的时间里，我和薇薇安谈论的是更柔软些的话题，还一起烤了抹上黄油凌的蛋糕。她在屋后的大片场地上养着马，因此总会有琐事来打断我们的常规安排。我们便放下手头的事，出去喂马、清洗马厩。

姐姐晃荡完一圈，在中午前回来了。她的兴致比平时略高些。只见她脸上挂着大大的笑容，敲干净靴子上的泥土后，把它放在后门边的石板上。刚从外面干冷的寒风中回来，她的脸红扑扑的，透着热气，眼神煞是清醒。

薇薇安看着凯茜进了门，又接着忙自己手中的事。她没有问凯茜去了哪儿，干什么去了。我们正在摆桌子准备用午餐，薇薇安把骨柄的刀具递给凯茜，让她摆到餐垫周围，那样子仿佛凯茜是刚从楼上的卧室里走下来似的。凯茜把刀具一套套并排放好，薇薇安则去橱柜里拿出了餐碟和餐巾。我在盥洗槽边忙活着。我清洗、擦干前一晚留在盆里的高脚杯，然后把它们放到餐桌上大水壶的旁边。

"你父亲说他会从屠夫那里给我们带小羊排来。"

"是叫安德鲁·拉姆齐的那个屠夫吗？"凯茜问。

"就是他。"

"安德鲁·拉姆齐有时候会免费送我们几块肉。他和爸爸，他们俩是朋友。"

"肯定的。"

"爸爸有时候会跑到村子里去找他喝酒。他是为数不多的几个爸爸的酒友。"

"他肯定很信任他。"

"爸爸以前帮过他忙。安德鲁·拉姆齐跟某个供应商有点麻烦,爸爸帮他摆平了。"

"他就是那样的人,你爸爸。"

凯茜点了点头。薇薇安跑回厨房去削土豆和胡萝卜了。羊排做起来要不了多长时间的。她叫凯茜给她帮忙。通常厨房里的活儿是我干的,但凯茜今天情绪不错,自己就起了话头跟薇薇安聊了起来。他们聊了几个我们都认识的人。薇薇安跟凯茜说她的头发看起来挺可爱的,因为比过去稍微长些了,还说凯茜的个子看着很高了。凯茜跟薇薇安说就算她在不停地长,我——她的弟弟——还是会要不了多久就比她高的。薇薇安扭头看了看我,对我笑了笑,我也报之以笑容。

爸爸带着羊排来的时候,蔬菜已经全都去了皮切好,放到炉架上加水的平底锅里了。薇薇安打开了煤气,火苗腾起,舔舐着烧黑的锅底。羊排包在蓝白色的塑料袋里。薇薇安从沥水板上拿出煎锅放到煤气上,用一团黄油沿着锅边抹了一圈。这一切她只用了一个流畅的动作就完成了。爸爸站在她身边,从袋子里取出肉来。他拿得很轻柔,为的是不把血水溅到外面。这是带骨的腿肉,属于更好的部位。他把褐红色耷拉着的肉轻轻放进煎锅,锅里的油顿时"哧啦"一声炸了起来。杰斯和贝姬来到他身边,竖起狗鼻子,贪婪地捕捉着飘在空气中的肉香。我叫它们离开厨房,它们乖乖遵命了,因为它们知道,如果表现好的话,一会儿或许还能有剩肉吃。

爸爸和薇薇安并排站在热乎乎的炉子跟前。他的个子要比她高出许多。他身上那件有棱纹的羊毛衫凸显了这种差别。羊肉在平底锅里翻着面,等煎好后爸爸用叉子把每一块都叉出来放到板上等着。接下来的两块用的时间更少。煎锅更热了,而且爸爸和薇薇安喜欢吃更生一点的羊排。等胡萝卜和土豆的水快烧干了,薇薇安从低处的一层抽屉里拿出漏勺,放到盥洗槽里。她把每个煎锅里的东西倒进漏勺,然后重新放回到空煎锅里,再到炉子上烧个几秒钟把水烧干。然后蔬菜分盘装好,加上更多的黄油,由凯茜端上桌。

我们吃得很慢,爸爸跟我们聊了安德鲁·拉姆齐的新屠宰场。然后他又说起头天夜里,西比尔·霍利家住的平房的锅炉爆炸了。锅炉的圆筒干脆利落地给炸成了两半。爸爸以前还从来没见过这样的事。热水灌进了房子里,而她当时正睡在床上呢。所幸的是,她的卧室是在房子的另一边,要不然她也许会被活活烫死。爸爸尽他所能帮西比尔做了清理工作，然后把她安置在邻居家一间空余的客房里。她跟邻居相处得都不错。大多数人都是在那条街上出生的，一辈子都生活在一起。

"帮助别人总会有好报的。"爸爸说。

爸爸对别人的确是能帮则帮的。每天早上他都在附近的村子或佃农们的农场里转悠。像西比尔这样的故事他还有不少。

吃完饭，清理完盘碟后我们就离开了。爸爸跟我们家的狗，杰斯和贝姬，走在前头，我和凯茜拖着步子跟在后面。跟房子挨着的草坪湿漉漉的，我坐在薇薇安的扶手椅里，跟生火的薇薇安交谈时，外面一定下过雨。我脑子里想着她跟我说的话，关于爸爸和鲸鱼，关于暴力。每走一步，鞋底都感受到湿滑，我不止一次伸出手去保持平衡。

到家后，爸爸直接拿起工具跑进外面的树林里。我们房子的外壳虽然已经封闭，令寒冬无法侵入，但内部依然还有点粗糙。爸爸正在忙着铺龙骨和地板。木头是他首选的材料。树林里有那么多木头，什么树龄、品种的都有。

他在房子外面有一个粗粗搭就的工作间和仓库，因为有树林遮挡，所以薄薄的四壁和屋顶无须太结实也能抵挡住突然越过山顶而来的阵风。为安全起见，他把工具放在房子里，每次都要先回家拿上工具再出去处理那些他收集、砍倒、再分门别类堆成垛的木头。今天他要处理的是胡桃木，用来做厨房里的地板。他说胡桃木能用得长久。他想要房子里每样东西都长久。我和凯茜接到了指令，把地板下面的龙骨擦干净，打磨光滑，他下午能来往上面铺木地板。我问过爸爸能不能请薇薇安到我们家来吃晚饭，也算我们感谢她今天的午餐和以前那么多顿午餐，还有给我们上的课；但我没说出口的是，我还想跟她再聊天。爸爸说她更喜欢在自己家里见到我们，她只有偶尔才会过来。他说她喜欢待在室内，喜欢自己家的安静，喜欢她认定的生活方式。

爸爸去到外面的树林里时，我和凯茜把桌椅等家具都搬进了爸爸的卧室，然后就弯腰跪在地上忙活起地板的事来。这活儿很累人，干不多久就浑身酸痛起来。我们擦完磨，磨完擦，但每干一会儿都必须停下来，像早晨起床那样伸伸懒腰。

太阳落山的时候，我双手在冰冷的厨房地板上一撑，站起身来。从后面餐具室的大理石台面上，我把乳酪柜拿下来，搬到厨房里。这时我看见爸爸从树林里走来，便跑去门口给他开门。他朝我露出开心的笑容，脱掉手套和外衣，放在厅里的椅子上。在费了点劲脱掉靴子后，他张开巨人歌利亚般的双臂把我搂到了怀中。我不禁想起不知道跟一条真正的鲸鱼接触会是怎样的情形。我心中明白，尽管薇薇安说了那一番话，爸爸还是要比任何海中的庞然大物既更加凶猛，又更加善良。他是一个人类，他内心世界起伏波动的范围，从半透明的海面直达任何海洋最深的海沟。他的音乐高过猎犬的耳力所及，又低过树木的颤动频率。

晚饭过后，我和凯茜帮爸爸收拾了一下头发和胡子，这是每隔几星期都要做的事。他脱到只剩白色棉布背心，露出宽阔肩膀和浓密的黑色胸毛。他跪在地板上，凑到一只洋铁桶跟前，里面的水凯茜之前热过了。我们伸直手才能够到他的脑袋。他的女儿站在他面前，一手拿了把厨房里的剪刀，另一只手用一把梳子紧紧梳过他的脸颊和下巴。梳子拉扯着他蓬乱虬结的胡须，但他连眉头也不皱一下。她用梳子约莫量了量长度，下剪子，梳理，再用热气腾腾的水洗去剪下的碎发与胡茬。我则站在身后，把一缕缕的湿发剪去。一英寸一英寸地，它们碰到锋利的刀锋，纷纷落下。这些头发穿过我的手指落下，汇聚到我的脚边，我轻轻地用指节拂过爸爸的后颈。他那里的皮肤很是光滑，光滑得跟我手臂和大腿的内侧一样。他对我的触碰很敏感，整个身体轻轻一颤，这让我不由得又想起了鲸鱼。它们虽然身形巨大，但皮肤也是这般敏感。它们会作出反应，并随刺激的变化而出现细小的差异。它们能感受到挠痒痒和逗弄，一只小小的人类的手放到它的侧胁上，便能令这巨兽的整个身体在水中抖动出阵阵涟漪。

在给爸爸修剪完后,我和凯茜放下了剪刀。一把发刷递前递后,拖曳过他的头颅和腮边。在我们给他梳弄的时候,爸爸闭上了眼睛,头略略后仰,脸上的水珠和头发在来自案桌上一盏油灯的粗糙光亮中闪闪发光,令爸爸周身仿佛现出了一种光晕。此刻,他放松全身的肌肉,除了脸颊上的肌肉在试着从鼓起的嘴唇开始发起一个满意的笑容。我从晾在炉子边的一堆毛巾中抽出一根来打开,用那新鲜的织物擦拭着爸爸湿漉漉的肌肤。他在这种安静的享乐中舒服得哼出了声。

III

  我在一家路边的咖啡馆停了下来。咖啡馆的窗子上积满了尘垢。高速公路上的烟尘落到窗框上，像霉菌或是肮脏的霜一般铺展开来。公路用带着腐蚀性的舌头舔舐着屋前的草坪。一种生命力极其顽强的醉鱼草如同羽饰般把停车场围了一圈，停车场坑坑洼洼，那些汽车和卡车便停在这里。

  我伸手推门，门先是在破旧的油地毡上卡了卡，蹭过一段之后就完全打开了。里面的人看着有点奇怪，让我心里有一丝害怕的感觉。但是油煎肉煎蛋加面包的味道、牛肉布丁豌豆泥和滴着油的薯条的味道还是将我拽了进去。

  最近这几个星期里我没怎么吃饱，只吃了些垃圾桶里的残渣碎屑，路边的野莓和农田里摘下的还没熟的白萝卜。我吃了一片扔在铁轨边的比萨，第二天就蜷缩在一道人行天桥下面，腹痛如绞，呕吐不已。

我来是想讨点热的吃食。我想讨点酥皮苹果派配着稠稠的蛋奶糊吃。我想要就着肉汁来点约克郡布丁。还想要香肠土豆泥。

人们坐在各自的桌边，那种跟椅子连着的桌子。大多数都是男人，大多数都没有伴儿。大卡车司机们都在闷头吃油煎食物，看着杂志。角落里有个老太太正在做填字游戏。窗边的一张桌子边坐的是带孩子的一家人，孩子们正在挑着吃烤豆子和土豆华夫饼。妈妈和爸爸小口小口地啜饮着咖啡，滚烫的咖啡让他们皱起眉头。他们衣着整洁，举止优雅，和这里的环境不太相衬。只见他们先是对望一眼，接着把目光移向周围坐着的人，又看向柜台后边正在油乎乎的围裙上擦着油手的侍者。

"您要来点什么，亲爱的。"站在收银台边的女人从屋子另一头看到了我。她的头发上罩着发网，眼镜遮住了大半边脸，身上穿着餐饮人员的白色制服，双手用力地撑在柜台上，仿佛按着装有弹簧小人的盒子的盖子。

两三个脑袋朝我转了过来,大多数则没有。我顺着桌子中间的过道走了过去。我想要等离她近一点再回答她,这样就不用当着旁人的面大声喊了。我想要低声说话。

离上次用嗓子跟人说话已经过去几个星期了。嗓子或许已经沙哑了吧。

虽然我身上的衣服和脸都脏兮兮的,那个女人还是用笑脸对着我。这是个好兆头。她一定是这里能说了算的。

"你好,"我对她说道,"我想问问能不能给点热的吃,随便什么都行。已经好几天没吃东西了。不过我没钱付账,很抱歉。我不是在无理取闹。"

她的脸上没有任何表示理解的迹象。刚才那几句我说得挺轻,我怕她没有听见。

她点了点头,脸上的笑中多了些同情。她转过头去,在她身后有个姑娘,年纪不会有十七岁,一头金发,梳了个紧致的发髻。女人对女孩说得很轻,不让顾客们听到。"给这孩子拿一盘派来好吗?我们这儿派还是挺多的。再给多加点薯条和蔬菜。我不想打单子,所以得请你到厨房里去跟他们说。"

女孩上下打量了我一下,遵命行事去了。

女人再次露出同情的微笑。"找个地方坐吧,亲爱的。"她说,"我会给你拿壶茶来的。"

茶泡得很好。我加了点奶,也顾不得烫就喝了下去。盘子上来了,肉和肉汁派,上面还特意多浇了点肉汁,豌豆和胡萝卜也都被肉汁盖上了。整盘东西热气腾腾的,把一丝淡淡的焦糊味送入鼻孔。薯片放在一侧。我撒了点盐,倒了点醋。

这么多吃的。

来自陌生人的慷慨善举。

某些陌生人的。

那个与环境显得格格不入的家庭起身准备离开。他们从身上掏摸出零钱,把几枚银币放在了模压板的桌面上。小姑娘在挖鼻孔,小男孩则抓着妈妈的手。他们走出去后,弹簧门在身后弹了回来。

我狼吞虎咽地把盘中的食物吃完。在想要把盘子舔干净之前,我朝周围扫了一眼,看有没有人在盯着我看。又有人给我端来了热热的苹果酥和蛋奶糊,我以和吃派同样的速度风卷残云。我舔了舔碗。我把盘子、碗、茶壶、茶杯、茶碟和刀具送去柜台。我对他们所有人谢了又谢,他们微笑着对我点头。

陌生人的善意。女人的善意。女人会跟邻居分享蛋糕，会志愿参加家校联谊会的工作。女人会倾听。女人会与人交谈。

我离开咖啡馆。停车场上一片光明，紧挨着的高速公路上车水马龙。

一个卡车司机倚靠在驾驶室边。他看见了我，对我开口道："想搭车吗？"

第八章

我们的妈妈曾在莫莉奶奶的房子里跟我们一起住过。有时。断断续续。来了又走。跟爸爸一样。有时候她自己来,有时候别人把她送过来。有时候她上楼回自己房间前我们能见到她。有时候见不到。

她在家的时间就是睡觉。就好像她有一千岁,她的一天等于别人的一个月。睡够了就起身、下床、离开。然后又会在几个星期后回来,就好像她是下班回家或是只离开了一天。然后她会沉沉睡上属于她的一夜,在此期间我们来了又走,我们起床上学,我们吃午饭晚饭,我们上床睡觉。

她来了我帮她洗衣服。她走了我帮她洗床单。

她把衣服塞在一个袋子里,放在卧室门外。莫莉奶奶会派我上去拿。我会把它拿到厨房还要过去的杂物间里,那里总是又冷又湿。寒气和湿气从脚下铺着破油毡的地板升腾上来，之后我要把双脚翘到煤气炉的火边烤上几个小时，才能重新变干变暖。寒气和湿气先是浸透袜子，侵入我的双脚，再顺着双腿占据我的身体和脑袋。而当我坐到火边，暖意也是按着这般的路径来的。

我会把妈妈要洗的衣物倒到地板上，也就是先松开袋子的拉绳，将它倒过来，晃落其中的衣物，用拇指和食指把袋底的每个角落都掏干净：上衣、短袜、内裤、胸罩、一条牛仔裤。小小的一套收藏，杂乱无章地团在一起。衣物保存得也很是粗心。短袜的脚跟处全都磨损严重，而脚趾处都起了毛球。松紧带都从一条条小内裤中松脱出来，从意在模仿花边的合成织物中露出了头。内裤上的标签多过了花边形织物的预期，这些标签都已经磨损了。白色的变成了灰色，灰色的变成了淡紫色，曾经是夜空般的黑色，现在变成了黑板擦了很多年后那种脏兮兮的黑。

牛仔裤的膝盖和裆部都磨破了。那些牛仔裤主要由聚酯弹性纤维加一小点真正的全棉斜纹布构成，在拉伸和回缩了许多次之后，已经完全变成了妈妈的腿和臀部的形状。

妈妈很瘦，一直都那么瘦。虽然衣服很少给出明确的特征，但我从衣服中了解了她的身体。我知道了她长发的颜色，待洗的衣物中有掉落的发丝。我知道了她皮肤的味道。

我从衣服中对这些东西的了解远远多过我从看见她、触摸她、听她说话之中所能得到。

我和莫莉奶奶一起把要洗的衣物按类别分开,一堆堆分别投入洗衣机,加入洗衣粉和柔软调理剂。我会关上洗衣机的门,调节旋钮,再按下控制出水的按钮。

妈妈在楼上睡觉的时候,我和奶奶就一杯杯地喝茶,妈妈想睡多久就会睡上多久。

每次到她要走的时候,她会把床单留在门外,然后离开。床单湿湿的,有汗,有血。总是扭曲过,拉扯过,那是身体扭动翻滚的证据。还有她的味道。在床单上,在房间里,是我进去打扫时闻到的。苦苦的烟味儿,咸咸的汗味儿,酸酸的唾沫和甜甜的血中的铁。那些味道来到我身边,停留在我的舌尖、鼻翼和喉头。我至今仍记得那些气息、那些味道和那些从她紧闭的房门后面传来的隐隐的呻吟。

我有一次问过莫莉奶奶,为什么白色的床单上会有妈妈的血。她回答说,妈妈身上破裂的时候就会流血。

妈妈最后一次来到那所房子的时候,并没有弄出比其他哪次更大的响动。她并没有跟我们多说些话,我们也没有跟她多说些话。她的行为没有什么异样。爸爸之前也出去了,但莫莉奶奶一通电话后他回来了,跑到妈妈床上一起躺了好几天,抱着她,温柔地对她轻声低语。我从门外听到他俩的声音，但具体的什么都听不见。我觉得当妈妈离去的时候，爸爸比我们任何人都要吃惊。她看着要比几天前更健康、更开朗，但随即就悄悄地走了，跟惯常的一样，没有跟任何人告别。爸爸很是吃惊。凯茜和我，我们对此早有预料，我觉得莫莉奶奶也没有感到意外。但爸爸很是吃惊。他四处找她。但莫莉奶奶接到了一个电话，等她放下听筒后，她告诉我们，我们的妈妈再也不会回来了。

第九章

两星期后,普莱斯先生又来到了我们家。这次,他把两个儿子也带来了。汤姆·普莱斯和查理·普莱斯都是瘦高个。两人都长着大长腿和细瘦的身材,到了肩膀却兀然变宽,以至于胸膛和上臂之间居然能漏过光来。汤姆是哥哥,长了一头深色的金发,前面齐耳,后面稍短。查理头发和眼睛的颜色更深,看着很不像父兄。虽说长得非常帅,可下眼睑下面却有着灰色充血的眼袋。他有一个鹰钩鼻,皮肤则是天光的颜色。今天天阴,所以他的皮肤是支离破碎的、苍白的。两人都穿着绿色的雨靴和上过蜡的短风衣。

普莱斯家三个男人是开着路虎上山来的。我和凯茜当时坐在房子后面挺远的地方,在一片偏僻的树丛中。我正在削一棵绿色的白蜡树。我从一截一拃长的树枝上剥下柔嫩的树皮,正在用一截矮矮胖胖的刀刃转着圈地削。凯茜用膝盖夹着一只死野鸭,正从其带斑点的体表一把一把地往下薅毛。一碗热气腾腾的水和一堆湿的破布放在她脚边,供她把破布在热水里蘸湿,然后趁热趁湿擦拭野鸭柔软的毛孔。

我们既没有看见他们,也没有听到他们在前面敲门。普莱斯先生走进厨房跟爸爸说话。汤姆和查理跑来找我们。穿过依然呈现绿色的圆叶风铃草嫩芽时,他们无所顾忌地为一些不足为外人道的笑话发出阵阵大笑。

这两个男孩长得真是帅,比我和爸爸帅出太多,我俩跟他们根本无法相提并论。我们几乎属于不同的种类,身处不同的环境,成长为了截然相反的两种人。就好像我和爸爸是从一大块泥里爆出芽生出根来的,而他们是从结晶序列的纯净矿物中渗出来的。

他们说话和笑的声音虽然浑厚,却跟爸爸的不同。他们的声音更加平滑,被声带微颤而发出的弱声变得柔和了。这声音在寒冷的空气中回响,就像皮球在湿滑的草地上弹跃。

"那鸟是你打的吗?"汤姆问我。他说的是凯茜正在拔毛的那只野鸭,但他不去问姐姐却来问我。

"不是,"我说,"爸爸打的。"

"爸爸?"他似乎对这个词觉得有点好笑。

"对。"我简单地回答道,"不过他不是在你家的土地上打的。"

我不知道自己为什么会加上这么一句。爸爸也许是在普莱斯先生的土地上打下这只野鸭的,也许是在别的地方打的。我并不是很清楚,但这么说却好像意味着普莱斯的儿子觉得我们做了什么亏心事,或者是我们有时候会做出亏心事来。我原本是应该想清楚这道理的,可因为我已经失了言,而且他又没接我的话茬,于是我又说了一句:"他从来没在靠近你家土地的地方打过猎。"

"只要他是在这附近打的,那他就是在靠近我家土地的地方打的。要想不靠近我家的土地,他得走出很远很远才行。"汤姆停下来,笑我荒唐得口不择言,然后问道,"你跟他一起打过猎吗?"

"偶尔才一起去。"

"他有一把一二口径的霰弹枪,对吧?"

凯茜抬头看向汤姆,但汤姆俩谁都没朝她看。

"不知道,"我说,"也许有一把,但我们从来都没见到过,他不用那把枪打猎。"

"这可有点怪啊,他有枪,却又不用它来打猎。那他怎么打猎?"

我耸了耸肩。爸爸在我家的树林和附近的田地都设下了陷阱,这不是那种会把捕到的动物杀死的陷阱,而是把它们困着，等到爸爸来看的时候再亲手杀死。这种方法更高明。想要马上杀死动物的陷阱往往不能达到目的，可怜的动物躺在陷阱里慢慢等死，直到最终得到解脱。而爸爸的陷阱是用食物把动物一路引诱过来，然后关进箱子里。箱子的空间足够大，动物在最后几个小时里过得舒舒服服，丝毫不会意识到自己的下场。爸爸会定期巡视这些陷阱，要是发现有所猎获，他会用双手尽可能平静舒缓地将猎物抓起，然后拧断其脆弱的脖颈。那些个小家伙往往死了都还不自知。

有时候他也钓鱼。爸爸有鱼竿和索具，但他却说用鱼竿钓鱼太费时间了，还不如用手直接抓鱼。他知道那些用手就能抓到鱼的地方。

我跟普莱斯家那哥俩说，我从来就不知道爸爸用霰弹枪打过猎，他都是用弓箭打猎物的。

"扯淡，"汤姆说，"这儿附近没谁用弓箭打猎。我不相信这儿有谁能用弓箭射下鸟来，更不用说正在飞的鸟了。"

凯茜把拔毛拔到一半的野鸭放到她脚边一片割下来的防水帆布上，把手用力伸进右边的牛仔裤裤兜，掏出了装烟草的皮袋子。她捏了一撮干烟草，放到一张折过的纸上，在一头插进一个过滤嘴，然后在指间搓成卷儿，用舌头舔了舔，把烟卷封上。只见她潇洒地划燃火柴把烟点上，使劲一嘬，火焰黯淡成了发亮的烟灰，随即烟雾从她的鼻孔和嘴里漏了出来。她把目光投向了两个男孩。

我又耸了耸肩,"我爸爸就能。有时候凯茜也行。"

"那边的就是凯茜吗?"汤姆问。凯茜就坐在离他五米都不到的地方,但他跟我问起她的时候都没有朝她的方向稍微转一转。有那么一会儿,凯茜继续喷吐着烟圈。然后她站起身来走开了。过去的两三个月里她长大了不少,因此步态显得有点歪斜,还没有适应四肢新的长度和角度。不过除此之外她做的一切都是笔直的。她总是善于把握方向。

"我也打猎。"她说,"我用弓箭射鸟,跟这个一样。"

汤姆朝她转过身去,边转边在心中升腾起一股怒气。考虑到这点言语不合是如此微不足道,他的愤怒很令人吃惊。也许从来都没人这样顶撞过他。他的弟弟没有,学校同学里没有,跟他一起玩足球和板球的人没有,射击俱乐部里的人没有,就连他的老师们也没有顶撞过他。他们可能都太为他而着迷了。着迷于他和他的自信。着迷于他和他的霸气。他所到之处都带着一股气场,就像马走到哪里脑袋边都围着一蓬马蝇。估计从来都没有谁跟他说过他错了。看样子将来也不会有人这么做。在他的有生之年都不会。他永远都能随心所欲。永远都是对的。永远都是第一个击球。我怀疑他爹,甚至他自己的亲爹,普莱斯先生都不怎么会跟他唱反调。在他的确跟自己这个儿子唱反调的时候,他们两个心里都明白,这么做是为了维护大局。在父亲要他对自己的行为作出解释,或者对某件事重新考虑,或是当他对他提出质问或是告诉他,他——汤姆——做得不对,这一切都是为了加强汤姆的地位,让他从全宇宙第二有朝一日变成第一。在那样做的时候,他父亲都是为了让汤姆·普莱斯恪守自己的本分,但那绝不意味着任何的轻忽。

但在他甚至没有主动跟凯茜说话的情况下,凯茜居然顶了他的嘴,这无疑是令他很有挫折感的。这点我能从他的脸上看出来。他咬紧了牙关,眼睛迅速地眨动着,仿佛想要把她给眨走,或是把那些在他的谈话列车些微脱轨后不由自主进入他脑海的想法给眨走。"我就这么随口一提,因为这看着有点怪——甚至出人意料——你父亲明明可以用枪打猎的,却要用弓箭。不管他有没有一二口径的霰弹枪,他至少可以弄到一支的,不是吗?或是别的什么枪?我就是不明白这种对旧技术的偏好。有什么意义呢?"

"那我们做的任何一件事又有什么意义呢?"凯茜说,"我们可以就住在城里,爸爸可以找一份工作,我们可以跟其他人一样,所有吃的都从超市里买。上学、交朋友,诸如此类。我是说,你也许会问,我们为什么不就那样过呢?"

汤姆笑了笑。我知道他有话要说。"你说得没错,我可以那样问。你们为什么要住在这儿,住在我们家的林子当中?"

凯茜已经开了口,而普莱斯家的另一个儿子查理此前一直没有发声,直到此时才插话道,"汤姆,别扯这些没用的了,别跟个白痴似的。"

汤姆对自己弟弟的打断露出震惊的表情,但他什么也没说,也没再跟凯茜说话。他把身体转了回来,专心跟我说话。他问起了树林的事,问起里面的树,有哪些种类,树龄有多久。他问我们在来此地之前在哪里生活。他问爸爸为什么选了目前这个地方。他问爸爸花了多久清理土地,建起了房子。他问起了我们的母亲。他问我们去不去上学。他问我们会住多久。

我尽力躲避着这些问题,过了一会儿,他感到了扫兴。

"我只是对你们的生活感到好奇,仅此而已。你得承认,这种生活有点不同寻常,你们三个住在这里,还是以这样一种方式。"

我看了看周围。凯茜已经又回去弄鸭子去了。她用灵活的双手抓着鸭子,拔毛拔得更坚决了。她拔毛时那种平静的狂热颇有点像鞭笞自己的苦修者,不过尽管她攥着拳头一下下急促地薅着鸭毛,却既没有扯出血来,也没有损坏到鸭肉。她把鸭子浸到已不似先前那般烫的热水里,洗去残留的毛茬,除了这些,那鸭子的尸体已经变得光洁无瑕了。

我尽力回答那个又高大又聪明的小伙子的问话。"爸爸觉得,我们得学会靠我们自己能制作、能找到的东西生活,这很重要。就这么回事。我们就是不想跟别人来往而已。"

"你是说你们不想跟我和查理交朋友?听到了吗,查理?"

查理看着比他哥哥更不爱说话。也许他更愿意思考。"是啊,真可惜。"他应了句。

汤姆盯着他弟弟看了一会儿,然后把目光投向了凯茜,接着又投向了我。他已经对谈话感到厌倦,想要走动走动了。他提议我们都回房子里去,他们的父亲正在那里跟我们的爸爸说话。汤姆和查理朝那里走去,我想还是跟上去的好。凯茜也跟了过来,拔了毛的鸭子在她身侧肥嘟嘟地晃来晃去。

我们跟着两个高个小伙儿进了厨房。屋子里很是暖和。爸爸和普莱斯先生面对面坐在擦得干干净净的厨房案桌边。我们在房间边缘转悠着,但他们谈完了要谈的事情,起身把椅子朝后一顶,在地板上摩擦出刺耳的声响。两个人都站直了身子。爸爸是个巨人,比普莱斯先生少说也高出一个头,但个矮的那个并没有畏缩。

普莱斯先生伸出右手道:"我希望你能考虑一下我说的,约翰。"

刚开始的时候爸爸有点犹豫，手臂紧紧地贴在身侧，不过随即伸出一只手来和普莱斯先生握了握，脸上依然没有任何表情。

访客们走出房子，顺着斜坡朝他们的路虎走去。爸爸倚靠着厨房昏暗的窗户，目送着车子离去。他看着车子一路开下去，绕过转角，开上山坡下的大路，直到消失于视野之外。

他用左手握住右手，摩挲着指节。由于骨折和钙化，指节变得很硬，包住指节的粗糙、紧绷的皮肤已经几乎没什么弹性了，关节之间的皮肤就更别谈了。他用右手揉搓着左手的拇指，抚摸着形形色色的许多道伤疤，两只手上几乎都没什么感觉。经过多次擦破和划伤后，神经已经退化了。他这么做只是出于回忆往事时的习惯动作，并非想要获得什么感觉。

我们望着这个陷入沉思的男人，我们的父亲，他对我们近乎视若无睹，身体僵硬，陷入自己的思绪，自顾自地抚摸着拇指。

过了一会儿，他愣过神来，转向我们说："再往炉子里放根木柴，我要大家重新暖和起来。"

我跑进厅里，我家那两条狗正趴在自己干草铺就的狗窝里。一看到我，它们全都一跃而起，我用手去拍它们，它们就对着我的手又是闻又是舔的。我把手掌放在贝姬的脑袋上，她把口鼻抬起来，超过我的腰部，把我的手甩下来，放到她舌头能够到的地方。我又把手贴住她脑袋的另一边，她再次仰起口鼻，我伸直的手臂和她的下巴就这样跳舞般地转着圈圈。

我脱开身，走过两条狗，从它们床铺后面的角落里拿了一根短棍木柴。回厨房的时候，两只小狗跟在我的脚后跟，我等它们进来后关上门。它们对着凯茜和爸爸又是跳又是闻的，我把柴火添进炉子，爸爸又继续开口讲话。

"你们知道我为什么把房子建在这儿吗？"

我看了看凯茜，她犹豫了一下说道："我们觉得你肯定是从流浪者那里买下了这块地，或者是从搏击赛中赢来的。"

"我没买过这块地，"爸爸回答道，"也不是从拳赛里赢来的。要是叫普莱斯来说的话，我们并不拥有这块土地，至少以他对所有权的理解来看不算。"他调整了一下座位，"你们的母亲在这附近住过。在她陷入困境的时候，普莱斯从她那儿夺走了很多原来属于她的东西。但是在莫莉奶奶去世后，这里似乎成了我们该来、该建个家、该像一家人那样生活的地方。这都是因为你们的母亲。还因为我知道我们可以照看这片土地，以普莱斯从来都不会、也从来都不想的方式。普莱斯先生不会拿这些树木派任何用场。他不会让它们物尽其用。他不会修剪它们。他不了解这些树。他不了解住在这里的鸟和动物。可是有那么一张纸却说这片土地属于他。"

爸爸从椅子中站起身,来到火炉跟前,我正在用拨火棒最后捅了几下那根新柴,再把死灰拨进炉格。

"普莱斯先生要我们从这里离开吗?"凯茜问。

"既是又不是。他给不出关于这些树木的产权证明,但他把我们搬到这儿来看作带有敌意的举动。他觉得我是想要跟他叫板。也许我真是。不过且不管这个,反正他已经明白了,要想赶我们走,他自己也少不得一身麻烦。我以前曾经帮那家伙做过事。那会儿他利用我的肌肉来欺负那些贫穷弱小的人,来向他们讨债。我曾经被他利用过,现在他又想要利用我。不过我不愿意了。我不想再替谁做事了。我的身体是我自己的。这是我的全部了。"

爸爸从我手中拿过拨火棒,把它插进炉火的中心。那根新柴虽然位于火苗的上方,却几乎没怎么被炉火那跳动的外焰燎到。他转动着拨火棒的铁杆,把木柴顺着纹路撑开,分成略有破损的两半;这样一来,木柴边缘的褶纹很容易就烧了起来,随即把火过到整根木头上。等爸爸把壁炉的玻璃门关上时,里面已是炉火熊熊了。

"刚开始的时候他会给我们造一点小麻烦,这些小麻烦不断累积，最终会令我们无法忍受。他有办法让村子里的人孤立我们，把我们排挤在外。他们会让我们在商店里买不到东西，也没人再会跟我们说话。这倒没什么。我们几乎不买什么东西，也很少跟谁说话，只不过有点不方便罢了。这是刚开始的时候。然后他会趁我们出门的时候派人过来把我们的井给堵了，这样我们就只能另外再打一眼。自那以后，我们就得时刻确保家里有人，逢到出门就会提心吊胆。那样一来，我们就得开始缩小行动范围了。然后他就会找人朝我们的窗子里扔砖头和死老鼠，在我们的大门口倒上狗屎。再接下来，他们就会在你们俩单独外出的时候捉弄你们。"

"我们可不是那么好欺负的。"凯茜插嘴道。

爸爸摇了摇头。"我敢肯定刚开始是那样，"他说，"在你能出其不意的时候。在这一点上你总会占到便宜，凯茜。没有人会料到你能还击，当然也料不到你会以我知道你力所能及的那种方式还击。可一旦他们知道你不是个软柿子，就会派更多的人来，那些人会更难对付，下手会更狠，就连你也对付不了了。"

"可你能对付得了。"凯茜很肯定地说道。

爸爸再次摇了摇头。"我能赢下一场场格斗，是因为我适应那些格斗的规则，凯茜。这些规则考验的是力量、速度和耐力，而我是全英国和爱尔兰最强壮、最快、最耐打的人。但要是没有了那些规则的话,谁能赢就说不准了。要是有人拿出一把刀,或是一支枪来对着我,我不介意告诉你们,我之前应付过那些东西,但这并不表示我下次还能应付得了。这全都得看情况而定了。要是一个人打好几个的话,能赢的机会就更少了。不过那不表示我不敢试试。你们两个最了解我的。可我必须得现实一点。"

我从案板上拿了一片厚厚的黑面包,从搅乳器上舀了一勺黄油抹在上面。在我撕咬、咀嚼的时候,两只小狗用棕色的眼睛充满乞求地望着我,鼻子也不停地抽动着。我脑子里想着爸爸说的话。我把眼睛望向姐姐,她坐在那里,腿上搁着那只死野鸭,肩膀被爸爸先前说的那番不好的消息弄得耷拉了下来。爸爸两手平平地搭在桌子上,他那弯曲的手指和指节放在同样满是节和疤的淡褐色的橡木上,几乎让人分辨不出彼此。

我坐着,身子转向温暖的壁炉。"我们该怎么办呢?"

"普莱斯想要的是,要么我帮他干活,要么我们从这儿搬走。"

"这是我们的家。"我说。

爸爸凝望着我,最近这几星期里这似乎还是第一次。他把右手搭上我的左肩说道:"我和你的感觉一样。"

那天下午我们一直都待在厨房里。我们喝了好几杯热热的奶茶，在大约四点的时候，凯茜从橱柜里拿出了两三瓶苹果酒。我们讨论起普莱斯先生对爸爸说的话，以及该采取怎样的对策。爸爸再次跟我们说，普莱斯先生对这片树林一点都不关心。爸爸说，普莱斯先生只是不喜欢觉得自己可有可无。干涉别人的生活能让他感受到自己在这世界中的存在。普莱斯先生痛恨自己所不能控制的东西。我们住在他的领地的门槛上，而他却无法介入到我们的生活中来。我们不向他付房租，我们不替他干活儿，我们不欠他任何人情。于是他对我们感到害怕。爸爸说对普莱斯先生而言，人们就像是在他脑袋边嗡嗡飞舞的黄蜂，随时准备要叮咬。他想要知道他们的一举一动。他想要知道他们的意图。一旦他知道了这些，就能抓住他们，把他们关进密不透风的罐子里去。

爸爸说，我们应该去找找他在村中为数不多的几位朋友。在最近的几个月里，他帮助过那么五六个人，尽管爸爸对自己做过的好事从不张扬，其中有那么两三个也许可以加以信任。他的朋友彼得比我们还要对普莱斯先生不感冒，于是我们决定去拜访一下他。

第十章

我们是第二天晚上去的。那天上午我们一起在木屋外面那块湿漉漉的、有点扎人的草坪上度过。大家都起得很早,爸爸把厨房的案桌和椅子搬到外面,摆好后还在桌上铺了块方格桌布。我把火腿蛋煎上,凯茜泡好了茶,然后都拿到外面,大家就在冬日的寒阳里吃起了早餐。火腿肉是屠夫安德鲁给的,他也是爸爸为数不多的朋友之一。火腿肉腌制得很不错,他替我们又切得很厚,不过在从煎锅里起锅前我已经确保外皮酥脆了。蛋是在火腿的油里面很快煎得的,从火腿那里得来了咸味,所以周边微焦,当中的蛋黄则金澄澄的。我把盘子事先在炉子里热了下,吃完以后,又用新鲜的面包给抹过。

跟爸爸和姐姐一起在室外吃一顿丰盛的早餐一直都是

一种莫大的享受，但在这天早上感觉尤为如此。我们知道会有麻烦在等着，我们的家有危险。不过此时此刻，白亮亮的太阳把光芒洒在我苍白而又瘦削的手臂上，两片松软、温暖的面包夹着又厚又脆的火腿，实在是感到没有比这更幸福的事了。

一群海鸥划过蛋壳般的天空，腹部落入了暗影里。

这顿丰盛的早餐吃罢，直让人大半个早晨都懒洋洋的，到了下午大家也只是在树林附近转了转，不想去再远的地方。我们设下陷阱、检查之前的陷阱，若是有所捕获，便把爸爸叫来杀死猎物。平时如果有需要的话，这段时间我们是用来照料照料母鸡，打理菜园子的。

爸爸事先用村子里的收费电话跟彼得联系。暮色降临的时候，我们一起走下山去，爸爸带着一摞十便士硬币走进电话亭，我和凯茜抖抖索索地在外面等着。那里面有一股尿骚味。

电话亭原本是老式的、红色的那种，可漆已经剥落得差不多了，现在差不多只是一个锈迹斑斑的铁壳子而已。窗框里的玻璃都是裂纹，却没有砸碎。爸爸拿起听筒，我听到一阵放大了的吱吱嘎嘎的噪声和回音，随后才有清晰的拨号音传来。

凯茜掏出那套抽烟的用具卷起烟来。脚下的地面上已经落满了年代不一的烟头，像一条条褐色的小鼻涕虫在混着烟灰的泥泞中朝各个方向蠕动。她也给我卷了一支烟，并从夹克最上面口袋里装的火柴盒内拿出一根，替我点着，然后在火柴燃尽之前又点着了一直叼在自己唇间的那根烟。我可着劲儿地猛吸了一口，把烟朝着姐姐的方向喷了出来，那烟随即飘散在了夜晚的空气中。

从电话亭里传来的爸爸的声音有点闷。他跟彼得讲得很简短，提了一些细节。打完后他推开门，从我嘴上拿过香烟，用力抽了一口，又塞了回去。

"走吧。"

这段路约莫有半英里，但一路上我们没怎么说话。穿过村庄的大路两边点着晕黄的路灯。两边的人家闪着安全灯泡，刚一亮起几乎又同时暗灭。有些人家家里有电视机，可以看见光影在拉上的窗帘后面跃动。有一家家里两口子正在对骂，小孩在一边哭。爸爸在经过时放慢了脚步细听，不过随即又赶上了我们，那骂声与哭声渐渐地细不可闻。

彼得家的房子在村子的边缘，有一个长长的后花园一直延伸到田野中。房子本身并不比我们家大多少，二十世纪七十年代造的，表面涂了灰泥卵石。房子内部并没怎么装修。有电视机柜但没有电视，有唱片但没有音响。反正就是那样的。

他的床已经搬进了底层的里屋,这样他就不用再爬楼梯了。通向那里的双层门半开着,可以看到一堆乱七八糟的床单和枕头、两三只绿色的啤酒瓶以及床头柜上的一盒餐巾纸。

"这么说普莱斯想要你替他干活儿?"彼得等爸爸、凯茜和我刚一坐下就开口说道,"接下来他就要叫你把我从这儿踢出去了。"

"你是他的租客?"爸爸问。

"是,"彼得说,"至少到目前还是,只是我再也付不起租金了。他要我搬出去,比法律规定的期限还要早。我敢打赌他会要你来办这件事。让你通过把朋友从家里赶走来适应这个新环境。他会知道你上次帮过我,就是你在停车场里教训考克森那次。"

那天晚上我们喝了将近两瓶威士忌。爸爸说这样一个日子值得来点够劲的,他掏出一张很旧的五十英镑钞票给凯茜,叫她去村中的商店,把那里存货中最好的酒给买来。爸爸和彼得两个喝了两瓶的绝大部分。他们往玻璃杯里倒的是人们通常所谓"一杯"量的两倍,下回再倒的时候比前次还要多。

凯茜和我喝得要慢得多,而且往威士忌里兑了水。她抽了烟,我也在喝的时候抽了几支。大人说话的时候我们基本都在，但也偶尔跑出去一下。

"这儿附近大多数人都租的普莱斯先生的房子。"彼得说，"如果不是从普莱斯那儿租，房东也是普莱斯的朋友。这儿所有的地主都会到庄园里一起喝酒或是打猎。照他们的说法，彼此间都有生意往来。他们全都相互投资彼此的生意。在同一口锅里咕嘟冒泡。"

"锅在哪儿？"

"我不知道，约翰。别问我。我现在连银行账户都没有了，在我还有的时候也轮不到我这种人来关心利率和投资。但是他们都参与其中去了。这儿所有的地主。他们都听普莱斯的。他们都投资相同的生意，互相给收益。交易的收益、种植的收益、地租的收益。诸如此类的，我也搞不太清楚。但普莱斯是他们的头儿。一直都是。所以要是他针对某人的话，那家伙就出局了。这就是说，普莱斯以这样那样的方式掌控了整个郡。"

"那他那么多的产业都是合法的吗？"

"大多数都是。他所做的百分之九十都能拿得上台面。剩下的百分之十还得分你怎么看了，因为这世界还不就是这样子的，约翰。"彼得冷笑了一声，"难不成你还想要找到书面证据？公之于众？诉诸警方？"

爸爸望着自己粗糙多疤的两只大手。"不不不，你知道我从来不会做那种事的。"他的脸几乎都要涨红了,"而且你也知道,我是永远不能牵涉上警察的。像你说的,普莱斯的世界中那只占百分之十的便是我全部的世界,这你是知道的。我干的事情没有一件是建立在法律基础之上的。"他扭头看向我和凯茜,我们正温柔地望着他。"土地、床底下的现金、我的职业,甚至包括他们。"他朝着我们俩点了点头。"甚至包括我的孩子。我不知道有任何法律或是文件能够将他们和我联系到一起。但他们俩彻彻底底、如假包换是我的孩子,这一眼就能看得出来。"他回过头去重新对着彼得,把杯中的威士忌一饮而尽,"我怎么都不会跟警察打交道的。他们在这里也是属于普莱斯的。是帮着那些大人物的。我看见过警察局长和议员们开车去那些大庄园。"

彼得重新把爸爸的杯子满上,接过话头说了下去。"我知道有两家人,因为去年加了房租付不起,叫他给踢着屁股滚蛋了。不过也别太拿我的话当回事。你要是想知道得更多,得自己去跟别人聊。尤尔特·罗伊斯和他老婆玛莎·罗伊斯。尤尔特是这儿方圆几英里内最聪明的家伙,他依然对这个地区很关心。煤矿还开着的时候,他干过工会。他是个正直的人。他跟那些和普莱斯攀扯不上关系的人都有来往。以前的矿工、矿工的儿子、租客、长工和那些没活儿干的。他还了解法律,虽说我知道你不需要那个。不过他也是你那个世界的一部分。他喜欢赌。他喜欢赌马。他喜欢看精彩的格斗赛,还跟流浪汉、吉卜赛人和那些打工的做交易。你想知道怎么才能保住你的房子吗?那你就该去跟尤尔特·罗伊斯聊聊。"

我们待了有好几个小时。爸爸和彼得喝了一晚上酒,我在之前坐着的装了豆子的袋子上睡着了,脑袋顶着卡在暖气片和橱柜之间的一个垫子。我醒来的时候只觉得口干舌燥,当地平线上露出第一缕光亮的时候,我来到盥洗槽前,放了满满一杯水。我把玻璃杯中的水一口气喝完后又倒满一杯,带回到了我的临时小床边。

彼得在自己的床上熟睡着,爸爸也在那儿,身上盖了条薄薄的毯子,蜷缩成一团,头对着彼得的脚。凯茜用垫子在地板上为自己搭了个铺,舒舒服服地睡着,身上盖了条羽绒被,头稍微有点别扭地枕着另一只装了豆子的袋子。我看到她的左手边有一只空的玻璃杯。我把杯子拿起来,用自来水涮了涮,放满了水,这样等她醒来跟我一样口干舌燥想喝水时便有得喝了。我把装满水的杯子放到地板上时,她被声响惊了一下,但没有醒来。我回到暖气片旁边原来睡觉的地方,闭上眼睛,又迷迷瞪瞪地睡了两三个小时。

直到日上三竿,令人无法视而不见时,爸爸、彼得和凯茜才醒了过来。那会儿已经将近十点，天光已然大亮。尖锐的光线把薄薄的聚纤窗帘的褶边推向两边，让房间里充满了清晰的光线。

爸爸滚向了自己这边，就此醒了过来，起了床，径直朝浴室走去。我听到龙头流水的声音，洗脸盆里接满了水，几分钟后传来了他把头没入水中，凉水被排开的声响。稍后，门被他用胳膊肘给顶开了。他已经脱去了衬衣，并且擦洗过身体了。只见他胸膛上的黑毛湿漉漉的，没冲洗到的地方还残留着肥皂沫。他正在用毛巾擦脸，但水珠从头发和胡须上滴落到肩膀和铺着地毯的地板上。他粗手粗脚地抖了抖衬衫，重新将其穿上，从下往上扣好了纽扣。

彼得微微动了一下。他完全醒来的过程比爸爸要长。凯茜仰面躺在地上。她的位置跟她睡下的时候一样，只是现在眼睛张开着。爸爸扣扣子的时候她一直望着。我已经在豆子包上坐起有一会儿了，正在小口小口地喝水，睡不着，却也没下定决心要起来。

没过多久我们就离开了房子。一个小姑娘、一个小男孩、两个大男人。昏昏沉沉酒没醒，晕晕乎乎还想睡。我们在大路上的一家面包店里停下来，匆匆吃了顿早饭。在晨间，店里供应火腿、香肠和鸡蛋三明治。我吃了火腿三明治，然后像害羞而又爱吃甜食的小孩子那样，问爸爸能不能再要一个糖霜小蛋糕。爸爸掏出五十便士来买了三个。路上吃,他说。

罗伊斯家住在村中更好的位置,房屋的间距更大,花园也显得更加绿意盎然。这里可以见到汽车,停在车道上,洗得干干净净,打过蜡上过光。女贞树篱定期打理,砾石车道两边修剪得整整齐齐的草坪有花架围着,里面的花已经在春日里含苞待放了。每扇窗里都有纱帘挡着,玻璃窗全都擦得那么干净,简直像没安玻璃一样。

罗伊斯夫妇住的房子,窗棂中都镶了双层玻璃。他们开的是一辆深蓝色的沃尔沃。前面的花园里有一个与房子相形显小的喷泉,而且被一丛长势茂盛的醉鱼草给挡得已经要细看才能发现了。水从一块破碎的石灰岩中汩汩流出。

凯茜、爸爸和我在大门口等着,彼得自告奋勇去敲前门。得让别人有点心理准备,爸爸说过。就像之前我们去彼得家一样。

彼得那部轮椅的轮子在砾石路上行进得很顺滑,随后他用有力的臂膀把自己移上台阶,够到了门铃。先出来的是一个女人,彼得跟她说话的时候得仰视着她,但他说话的声音我听不真切。她的个子比我要矮,约莫有一米六五。她的头发里依然带着点暗金黄色,但也有可能是染的。这让她看起来不到五十岁的样子,但别的某样东西让我知道她的年纪要更大。倒也不是她的脖子显老，尽管脖子往往能更真实地透露一个人的年龄。从我站的大门口这个位置看不出她有皱纹或老人斑，在有可能会出现老人斑的地方皮肤也没有松弛或变暗。如果那些地方有那些东西的话，那她肯定是隐藏得很好。其实是她抱着自己身体的样子让我知道她有六十八九岁了。还有她两脚站定在地板上的样子、臀部落座的样子和她抱着肩膀的样子。这个女人穿着淡粉红色的锥形裤，收紧的裤腰很肥大，上身穿一件用运动衫料子做成的无袖套衫，外面束的腰带上印着逼真有如照片的花卉图案，小巧的两只脚上趿拉着一双毛茸茸的奶油色半拖鞋。她的手上戴着金戒指，双耳和脖子上也可以见到闪闪的金光。脸上戴了副硕大的椭圆形紫色塑料框眼镜，从颧骨到眉毛都给遮住了。

这时候一个男人走了过来。他在女人身后举起右臂，搭在了门框上。他穿的是橄榄绿色的裤子，颜色深到几乎成了褐色，两边的裤腿上各有一道深深的折痕。上边穿的是白衬衫和绛紫色的V字领套衫，不过没戴领带。他跟彼得说了话，又听他妻子说了几句，然后把目光投向爸爸，接着投向我和凯茜。他招手叫我们进去。

当我们一起进入门厅，脱鞋、脱外衣，把它们放进鞋柜或挂上衣架时，感到门厅颇为狭小，周旋不开。地毯很软，上面有粉色和金色的巴洛克风格图案，很像莫莉奶奶家门厅里的那张地毯。那已经是好几年前的事了，奶奶家也离这里好远呢。这里的墙上挂着好多照片，都镶着上过清漆的木框。大部分是穿校服的孩子，背景是朦朦胧胧的丁香花图案。这些孩子看来都是依着兄弟姐妹的关系凑成伙的，有的两个一组，有的三个一群。相同的孩子在不同的年龄拍下照片，头发有时变长有时变短。在某个时候，每一个孩子在照片里都缺了一颗前排牙齿。要说这些孩子是罗伊斯夫妇自己的，那数量也未免太多了（而且所有这些孩子在照片的摆放中看不出亲疏远近）。他们应该是侄子侄女、教子教女、朋友家的孩子和要好邻居家的孩子。

在门厅里的时候彼得简略地给我们彼此作了介绍，但之前我们等在大门口的时候，他已经向主人更为详细地介绍过我们了。

玛莎邀请我们去客厅。她主要跟凯茜和我说话。尤尔特已经在领着爸爸进客厅了。

玛莎问我们喝茶还是喝咖啡。我要了咖啡。玛莎沿着走廊离开，到厨房里忙活去了。我听到她拎起水壶往里装水。凯茜朝客厅走去，然后从客厅角落里一张桌边的两三把椅子中拉开一把，坐了下来。爸爸和尤尔特坐在摆在房间显眼位置的两把大的缎面扶手椅上。彼得先是推着轮椅转了一圈，然后回到两个男人中间的位置，靠近壁炉的一侧。炉膛里的火是电子火,在那天早上尚未打开。

玛莎端着茶盘从厨房里回来了,上面放着马克杯、一碗糖和一瓶牛奶。杯中的液体又烫又苦,我拼命朝里面加奶,直到快装满,又加了三勺砂糖。这下变得好喝多了,我不一会儿就喝掉了半杯。我喝茶和咖啡能在滚热的时候就喝下去,不像凯茜非要等凉了才能喝。这是我唯一能胜过她的东西,所以只要有机会,我当然就会将之变成一场竞赛,好好地表演一番。好几年前,我们还和莫莉奶奶住在海岸边的时候,有一次她实在是被我的绝活弄得恼羞成怒,便把满满一杯几乎是刚刚从茶壶里倒出来的开水带着怨怒大口大口喝了下去,结果烫伤了嘴、舌头甚至喉咙,烫起的水泡直到一个多礼拜之后才消掉。她这么做是为了要向我展示她也行,但很快就领受到了教训。其实即便是我,也没法把滚烫的饮料那么快就给喝下去。

喝冷的东西也是一样。我可以从冰激凌筒上大口咬下去,而且还要露着牙齿咬,就为了让她看到我的本事。我可以把冰块整个儿咽下去。冬天的时候,我会当着她的面把整捧的雪塞进嘴里,或是擦到脸上、身上。她会把冰雪从我外套的脖颈里灌进来,灌到羊毛衫和衬衫下面,我会站在那里一动不动,就好像这对我根本不起作用,就好像我甚至根本都感觉不到一样。而这会让她气到发疯。她自己在往我脖颈里塞雪的时候，哪怕只是隔着手套摸到雪都会打个哆嗦。这都会让她冷得打哆嗦，而我却站在那里，一动不动，面带微笑，仿佛在洗早晨的淋浴。这让她气到发疯。

"他就是只沾满毒黏液的癞蛤蟆，"玛莎拿着自己那杯茶再次走进房间，往一只脚凳的边缘上坐下后说道，"他从来都是如此，我认识他挺久了。不过不熟——要是他知道我们名字的话我会吃惊的——我是隔着一段距离了解他这个人的。这儿附近的人，或是像我们这样到这儿有了些念头的都认识他，都还记得他那些事儿。年轻的时候他老在这附近晃来晃去，谁都有点不待见他。那会儿他还是个小家伙呢。他会突然骑着他那'比你们谁的都棒的'自行车出现，开始鸡飞狗跳地搞出不少恶作剧来。他凡事一定要照着自己的心意来，要是没能得逞，就开始恐吓别人。他父亲当年手下有好多干活儿的，那会儿很多别人都还只是一个人加一台拖拉机的规模，早在那时候起，要是那些干活儿的想要保住饭碗——其实只是临时性的工作——就得照年轻的普莱斯的话去做。那些农场里的长工、按日计酬工和季节工没有工会。不像他们那些在村里煤矿下井干活儿的，像我们家的尤尔特。农场里的工人只能是叫干什么就干什么。我猜这里面还有点面子因素。听从普莱斯少爷的使唤，把几个矿工家的孩子给揍一顿什么的。这儿种田的跟下矿的喜欢斗来斗去，你懂的。"

爸爸听着玛莎对他的讲述，一动不动，也没有任何在听的表示。

"啊，那会儿他还只是个少年呢。大多数时间他都是在寄宿学校里度过的，离开了自己的家。不过到了夏天，在长长的假期里，他又回到这里，没事儿找事儿跟其他少年干架。不过他倒从来不跟我们女孩子打交道，连话也很少说。我猜大多数十来岁的少年都是那样儿的，不过在他身上尤为如此。有时候他会带学校里的朋友来住。从来都不是一个两个，总是整整一帮，趁着他爸爸在伦敦或去了别地方的时候，把庄园变成了他们的天下。那伙人在一起的时候，已经开始对女孩子有兴趣了。当然，他们之中有几个是很有魅力的。正宗的靓仔，穿着入时，打扮得干干净净，学校又教过他们谈吐礼貌、举止优雅。我知道那些女孩子——附近这些平常的、普通人家的女孩子——跑到庄园里来跟他们一起玩儿。聊聊天吃吃饭什么的。我也听到过一些谣言，说后来还发生过什么什么的，但我不想听下去了。这不是我喜欢听的东西。但也够让我知道那些男孩子是怎么样的人了。那样的男孩子长大以后是不会成为体面人的。他们把女孩子灌醉，然后像一块肉那样分享。"

"对有的男孩来说，这样更安全，"尤尔特说，"他们可以互相盯着彼此的眼睛，而不用去看身下女孩子惊惶的面孔。"

尤尔特的茶放在自己椅子旁的地板上，玛莎把他的杯子拿起来，往下面垫了一个薄薄的软木杯垫。

"这么说他干的坏事越来越多了，是吧？"尤尔特问。

"没错儿，"彼得答应道，"约翰来是想把某人拉下马的。"

尤尔特从头到脚打量了一下我爸爸，从他脚下穿着的擦得亮亮的工作靴，直到他皱纹深刻的脑门。

"我们全都加在一起也做不到。"他回答，"他可是跟你我不一样的人。他跟我们不同阶级。他能被跟他同阶级的人拉下马，说不定也曾经被拉下马过。或许那才是他所害怕的。我就在想他有什么好怕我们这些人的？我就在想他为什么不像在他自己那类人中间一样，用钱把一切都搞定？我想明白了。那是因为他做不到。他害怕。所以他来干涉我们的生活。"

他们聊了好几个小时，聊普莱斯的生意。玛莎讲了好些故事，那都是她许多年里听来的。有些故事是从比西赖丁还要远的地方听来的。关于普莱斯把房客和佃户赶走的故事，关于有人莫名失踪的故事，关于郡议会也许存在着腐败的故事。他们又说起了该如何解决的事。尤尔特认为该采取直接行动。他提到了以往的行事方法,人们生活在同一社区,一起工作,一起喝酒,一起投票,一起举行罢工。

我听了一会儿没再听下去,我知道凯茜也没在听。桌子底下有一只给狗咬的网球,我们俩就轻轻地把球踢来踢去解闷儿。好玩儿的地方在于既要踢得准,让球能碰到凯茜的脚,又不能用力过猛把球弹走。这样,凯茜才能得到球,用脚后跟把球滚到合适的位置,再把球踢回来。只有一次,我踢得不到位,球滚过了房间地板,停在了窗口下面的取暖器旁边。不过凯茜费尽心机把球给捡了回来。谈话变得越来越严肃,只有爸爸注意到了这点小小的状况,朝女儿狡黠地眨了眨眼。

复仇。他们说到了复仇。向普莱斯先生复仇,为一切算到他头上的事情复仇。就像莫莉奶奶过去一直说的那样,失去金钱其实就等于失去了时间,失去孩子其实就等于失去了永生。

再加上还有个尤尔特·罗伊斯,他旋转着、翻腾着,不愿随着岁月的逝去而慢慢腐朽,抗争着新的秩序,这种秩序带着他渐渐远离任何形式的未来,他曾对未来抱以希望和想象,曾为之祈祷和战斗。

我们住在海岸边的时候,莫莉奶奶曾带我们去过一处往日战争的纪念碑。这个纪念碑建得有点像盎格鲁撒克逊风格的石头十字架，四面按着军阶的顺序刻满了阵亡将士的名字。每次我们见到这个纪念碑，她都会跟我们说数以百万计的人都是跳着古旧风格的舞步死去的。我一直都没有明白这话的意思。我苦苦思考她这话的意思，想了好些年，只是偶尔才会把她的这句话跟某些关于人性和世界历史的零星新知挂起钩来。这些知识讲的是以往表现对人的局限和根深蒂固的民族价值观。讲的是那些一次次上演同样戏码的人，那些想要修正所有愚蠢错误、消除情节和描述中所有错误的人。在行为中挣扎着想要回到过去的人。

我带点心不在焉地听着爸爸和这些新朋友在这个客厅中制订的计划。我不由自主地感觉到他们也是在以古旧的风格跳舞，他们所迎合的那种道德自那些高大的石头十字架插入地上后便没有真正存在过，即便当年也只存在于梦中，存在于古老的寓言和英雄史诗中。只有当年才能在诗歌中见到这样的道德。

第十一章

春天真的来了，带着一团团云雾般的花粉和一只只身姿轻盈的雨燕。风儿吹到那些飞行了上百万英里后回到此地的小鸟们身上，修剪着它们的羽毛。风儿时热时冷，把那些尚未成熟的柔絮从白蜡树上吹落。燕子们的身体还太轻，不能像海鸥或乌鸦那样向着阵阵劲风发起冲锋。我从劲风的身上看到了大海，密集而又柔软的浪花卷向披覆着树木的岸土，将小小的生物抛向突出的巉岩。燕子们滑翔、俯冲，从那看不见的庞然大物中穿过，对它们来说，那些凌乱的风定是如同世上任何一片海洋般在大声咆哮、哭号，穿过去只为了重新抓住上升的气流，并升到顶端。它们是个中的好手，最清楚其中的门道。它们带来了真正的春天，不是只在冻土上催开一些羞涩的绿芽，而是带来了一阵奔忙的颜色、一片耀眼的光泽、复苏的百虫和乘着这西南风而来的睽违许久的漫天飞鸟。

等到暑气上来的时候，沿途那些大篷车营地里的流浪汉们的孩子便会脱去上衣，骑上他们125毫升排量的轻型泥地摩托车到小路上轰隆隆地奔驰。他们的车后边夹着用笼子装着的雪貂，专到田边地头寻找兔子窝扎堆的地方。他们把雪貂放到兔穴里去，等到它们再出来的时候，已经叼着挣扎的兔子，给这些孩子们当晚餐了。

凯茜喜欢看他们抓兔子。她羡慕他们做的事。她想要和他们一起，但我们不敢开口。于是我们躲在干沟里，或是藏在篱笆后面，远远地监视着。那成了我们的游戏。我们跟踪那些孩子，仿佛他们是我们的猎物。我们看着他们先是跟那些雪貂较劲，然后又跟兔子较劲。他们在对付动物方面都比不上爸爸，更不用说最后干净利索地把猎物了结了。血流得比通常的多得多，也惹出了更多的踢腾和尖叫。这帮孩子当中有一个大个子，身体黑黑的，倒不是晒得多，而是长满了雀斑。他叫一只兔子给咬了，嚎得惊天动地的。他只好让那只兔子跑了，那个可怜东西跳跃着，忽左忽右地躲避着，然后跑回了自己的洞穴中，消失不见了。在它跑的时候两条后腿都朝外喷着血，我知道它撑不了多久的。真可惜。我心想，真还不如叫爸爸给抓住，最后做成派让我给吃了，也好过叫一个对抓兔子一知半解的孩子给抓了又跑掉，再在接下来的几天里慢慢流血而死，又或者因为血腥味而把狐狸给招到自己的穴里来，连带着自己一家都给吃掉。

尽管如此，我们还是盯着这些孩子看。我们看他们动作上的习惯，保持身体姿态的方式，以及坐在摩托车上，弯曲的手臂懒洋洋地张开握着车把，给引擎加速的样子。

我们很少看到其他的人，所以即便是已成旧闻的新闻也能令我们着迷。尽管我也喜欢看鸟和甲虫，但我最爱看的还是人类。

抓住兔子后，那些流浪汉的孩子们骑上摩托，向后喷出一股烟尘，便朝着下一条小路奔去，接着又是下一条，去找更多的兔子。我们可以循着声音跟上一阵，但除非他们在不远处就停下，否则我们是跟不上的，他们就此出了我们的视线。我们得等到他们下一次来打猎或是赛车才能见到他们。而在此期间，兔子总是有得看的。

有一天晚上，尽管白天一整天我都在树林里跟爸爸一起干活儿，把自己累得不亦乐乎，晚上却怎么也睡不着。我的背很痛，因为一直在抡斧子把爸爸放倒的一棵树劈砍成柴。我的前臂也很痛，不仅因为要把劈好的柴抱到柴垛上去，还因为要用另一只手挥动小手斧，把木柴分得再小一点，以方便它们在炉膛里燃烧。我的两条大腿也酸痛不已，因为要蹲下再抱着对我来说太重的东西站起来，拿去爸爸的仓库或一直拿到房子里来。树林里的地面很是粗粝，散落着树枝、岩石和树叶，树叶本来就落得不均匀，经历了许多季节后腐烂又凝结。浓密的树根生长、死去，将不平的地面分割、撕裂。我的两个腿肚子在这样的地面上探寻路径，一天下来也在发痛了。就连我脸上的皮肤也是痛的，那是因为在过去的几个小时里，咸咸的汗水不断从额头上慢慢淌下。

然而我的眼睛倒还是跟那天早上一样新鲜，里面满满地装着的是天光透过颤动的树叶形成的斑驳光影，是木头的各种颜色，还有爸爸俯仰着砍倒树枝让我们捡回去当柴烧的身影。因为我的眼睛如此明亮而鲜活，所以我头脑中的思想也是。每当我感到自己在渐渐堕入梦乡了，一段关于白天的绚丽多彩的回忆便又折回来把我弄得清醒起来。有约莫两个小时，我一直徘徊在半梦半醒之间，然后我索性揭开毯子坐了起来。我把脚蹬进拖鞋，穿过两道门，来到了厨房。

我发现姐姐站在窗前，右手举起在面前。她把窗帘撩起了一点，看着窗外的夜色。天空很暗，只有一道细细的上弦月，还有金星在地平线上聚了点阳光。她那朦胧的身影比我以往看到的略大些。

厨房的案桌上放着一大罐家酿的苹果酒，凯茜说不定已经喝掉一半了。

"你也起来了,丹尼。"她只在有时候才会管我叫丹尼。她听到我的脚步越过了门槛,知道我停下了,正越过她望着夜空。

我跟她说我睡不着,我猜她也一样。我说,我们俩之所以会这么清醒,很可能是因为白天干了活儿,虽然身体很累,精神反倒活跃了。

"我想我是因为太生气了,所以睡不着。"她说。

她的话让我吃了一惊。我问她为什么会生气。

"我一直都很生气,丹尼。你不生气吗?"

我跟她说我不生气。我跟她说我几乎不怎么生气,然后她又跟我说她一直都在生气。

她跟我说她有时候觉得自己快要裂开了。她跟我说有时候就好像她的双脚站在地面上,但与此同时,她的一部分却向前冲进了熊熊的火焰之中。

我跟她一起待了两三个小时,直到那罐苹果酒喝光,我们又把旁边的一罐也给喝完了。

等到她最终答应去上床睡觉,我也回到了自己房间,迅速地睡着了,几乎把晚上的事情给忘了。一切都好像只是一场梦一样。一场关于火的梦。的确,在那段日子里,我觉得自己生命中持续时间最久的矛盾会是每天晚上我和自己梦境的对峙。有时候我觉得我能一直睡下去。有时候，我把自己拖出梦境，在现实世界中醒来简直像是把自己从皮囊里拖出来，感受到风雨扑向自己褪去了皮囊的肉体。

第十二章

"那个中了彩票的杂种。"

"哪个?"

"就是中了彩票的那个杂种。记得好像是'欧洲乐透彩百万欧元'。不是大奖,不过也够了。本来就已经是百万富翁了,居然还能中乐透彩。"

凯茜和我正在工人俱乐部后面的停车场。这里铺的沥青肯定已经有四十年了。霜冻令其外壳裂开了许多次,所以已经看不到明显的缝隙,而成了坑坑洼洼一片。一大坨一大坨扭曲隆起的物质裂成了粗糙的石块,被踢到了长方形停车场的四边,如同倾圮的教堂废墟中的怪兽滴水嘴。东一块西一块的,人工的路面碎裂得如此严重,以至于都露出了下面的黑土,那是被沥青给烤焦的。就算这里以前画过标明停车位的白线，也早就见不到踪影了。嚼过的口香糖给地面画上了白色和灰色的斑点。

晨雾萦绕在我们的膝部。今天不会冷，但此刻，黎明刚过一会儿，还是有点冷，冷且昏暗，太阳的光线被封在了悬浮于地平线上的云层里。

"他妈的百万欧元乐透彩。"

这里是想找工作的人碰头的地方。现在这里已经几乎找不到工作了。工作在二十年前，甚至更早就没有了。只剩下两三家仓库还有一些把箱子搬上厢式货车的活儿。圣诞节的时候箱子和厢式货车会比平时多些，但还是不够干。偶尔还会有一些供女人干的活儿：做头发啦，看孩子啦，商店营业员啦，打扫啦，如果你受过教育还能帮孩子辅导辅导功课什么的。但如果你是男人，想找零活儿或是季节性的农活儿，那么你就该上这儿来。一辆卡车开过来，把你拉到某块地边，或者更通常是附近的某个粮仓，联合收割机会把收来的粮食朝地面上一倒，你就开始干分拣挑选的活儿：挑拣甜菜，挑拣萝卜。还有土豆。今天要拣的是土豆，零工们知道他们要去到日升农场，去替那个赢了乐透彩的杂种干活儿。

"至少我们要去干原来签过合同的活儿时，他会给我们放假。"有个人说。

"要是我们赶不上约好的时间，他还会开车送我们去。"

"不过他妈的他也该这样。他让我们去干原来合同上的活儿,就不用照着合同上的数目额外付给我们了。他只在一天干完顺手给我们一张十镑钞票,像他妈的给零花钱似的。"

"你要是惹了点麻烦,他还会跑去告上你一状。他会跑去告诉职业介绍所,说你是给他干活儿的,他会整出些个文件来,说他早就给过你的。工资单啊,法律事务什么的。那些玩意儿你这辈子都没见过,可一下子它就在那儿了。要求获得自己的利益成了你的错,不付税钱什么的也成了你的错,全是一眨眼的事儿。约翰诺就碰上过。"

"托尼也碰上过。"

"克里斯也碰上过,全都碰上过。"

"杂种。"

"杂种。"

"卑鄙的家伙。"

于是这位农场主就成了杂种。跟其他的农场主一样,大家伙儿都同意,全都是杂种,可这位尤其是,因为他赢了乐透彩,而他本来就已经是百万富翁了。他是个幸运的杂种。百万欧元乐透彩。一张刮刮卡。

我和凯茜对这个集会中的人来说,就像是矗立在一旁的两块灰色石头。他们基本是完全忽略的。我们站在停车场的边缘,和站在中央的他们隔了一小段距离,但又能听到他们说话。我们带了一瓶咖啡来。我是倒在一个蓝白色的搪瓷杯里喝的，凯茜倒在瓶盖里喝。

到日升农场去挑拣土豆。这就是今天的活儿，厢式货车马上就会来把我们接走。让我们一路坐过去。把我们放下。等一天结束时再把我们拉上。把我们扔回到这里。

凯茜有些紧张。我从她握着瓶盖的样子就能看得出来。我从她那薄薄的、半透明的眼睑在微凉的空气中眨动的样子就能看得出来。她的眼睛跟皮肤一样敏感，也同样耐不得寒冷。当她感到害怕的时候眼睛会变得特别敏感。有什么东西让她担心的时候，她就一直把双眼睁得大大的，不管是什么东西，这样就能看着它来，然后又看着它去。今天，恐惧在她身上穿行，就像兔子在麦茬里穿行。我看得出来。她毛发直立了。

我也害怕，跟她一样。日升农场的经营者，这位本来就是百万富翁又中了乐透彩的人，他的名字叫考克森。和爸爸为了彼得的钱而去对付过的那个考克森是同一个人。他欠彼得的钱。正是这个考克森被爸爸在秘密赌场外面差点打死。考克森是普莱斯的朋友之一。跟附近所有的土地一样，这块地也是普莱斯的，考克森在这块土地上经营农场，以一天十镑的价钱驱策着这些工人，要是他们有怨言的话就到救济金办公室去告他们的状。

凯茜和我到这儿来是想看看到底是怎么回事。这是爸爸给我们的指示。主意是尤尔特出的。

我们要去看一看农场，跟一些工人聊一聊，尽我们所能打听关于考克森的消息。如果能发现一些普莱斯先生的事情那当然更好，不过爸爸觉得那里不大可能会有人谈论他的。那些在农场里干活的人根本不知道是谁拥有那片土地，或是谁掌控着那些经营者，或是产业过手的情况，或是利润中有多少比例能转化为他们的工钱。他们分拣土豆、拿工钱，有时候去小酒馆或是小商店买上一包香烟。

我们快把那瓶咖啡给喝完了厢式车才到。凯茜拿过我的搪瓷杯，把里面的东西倒掉，把我们中午要吃的三明治和瓶子放进包里。

一个拿着纸夹笔记板，长着松软的青灰色短髭的男人从驾驶座上爬了下来。那些等活儿的男人、凯茜和我都慢慢朝他走去，围在了他的身边。手都揣在兜里，夹克的拉链只要还拉得上的都拉上了。那个男人把每个名字记下来，那些名字的主人便爬进厢式货车的后面。

工头看见了姐姐和我。"你们俩算怎么回事儿？"

凯茜早有准备，走上前说道，"我们是来打工的，跟别人一样。"

"你们多大啦？"

凯茜耸了耸肩。"这有关系吗?"她说。

"我问了,没听见吗?你们多大啦?"

"十八,"她胡编道,"他十六。"

"这是你小男朋友吧?"那人傻乎乎地问道。

"弟弟。"

"你是怎么知道到这儿来找活儿的?"

她再次耸了耸肩,但那人似乎并不以为忤。"跟大家一样。"她说,"听别人说的。有人说要想挣点钱,就得一大早到工人俱乐部来。所以我们就来了。"

"你老爹是谁?"

"山姆·琼斯。你认识他吗?"

这是一个很常见的名字。我不知道她是真认识一个叫这名字的,还是当场凭空想出来的。

"从来没听说过。这些人里边有你认识的能帮你担保的人吗?"他朝着已经坐在车里边和依旧站在停车场里的人扬了扬头。

"我们听说你们那儿今年缺人,所以就想过来碰碰运气。"

工头停下来想了想。他眨了两三次眼睛。他的眼睫毛跟他的小胡子一样是灰色的,也一样乱蓬蓬的。"这倒不假。我们是比平时要多点人手。你们能吃得消吗?"

凯茜耸了耸肩。

"活儿可不轻啊。得弯腰,还得举——"

"没那么累,"凯茜打断道,"我们挑拣过土豆,也搬过,也背过大袋的土豆。没问题。我们在格林斯比附近的一个农场里干过,土豆甜菜之类的都做过。"

"格林斯比?你们他妈的怎么会在那儿干过,现在又跑到这儿来了?你们该不会是他娘的吉卜赛人吧?"

"我们的奶奶住在那里。以前我们跟她一起住。现在我们跟爸爸一起住了。"

"你们的爸爸,山姆·琼斯?"

"对。"

他不太相信我们,但还是让我们上了车。

停车场中最后几个人也被领上了车,在比他们早上车的人中间找到位子坐下。座位上蒙了一层冒充皮革的黏糊糊的东西。有些座位上面有口子,里面的芯子都露了出来。有些口子是故意弄破的。是某个无聊而又没好气儿的工人用折叠刀插到软垫子里给划拉出来的,他倒是没把刀扎到自己大腿那紧绷的肌肉里去撒气。大多数洞都是磨破的。

工头下车时没有关发动机,暖气一直开着,车里面很是暖和。车窗蒙上了蒸汽,所以外面的寒冷世界看着像是被浓雾包裹着。我用手指在窗上留下自己的印记。我在跟眼睛齐平的高度用手指画出一道约六英寸长的单线，就像是骑士头盔中那道狭长的口子。我从盔甲里朝外看着。我的鼻子碰到了玻璃，在玻璃上又留下了一个印记。

厢式货车还没坐满一半，凯茜和我是车上仅有的挨着坐的一对儿。所有人都占了一排双人座，这样他们就能把身体伸展开，把一条胳膊搭在旁边位子的头枕上，或者把自己的外套或包放在身边的位子上。他们相互之间看来都很熟，但依然很在意保护自己的私人空间。

有个男人就坐在我们前面一排。他戴着一顶黑色的无檐小便帽，穿一件袖口有松紧带的短夹克，颜色更接近英国运动员那种绿色，而不是英国军人的那种绿色。车门关上后，司机开动了，前排的男人脱下了外面的衣服。他的帽子下面是个光头，后脖颈上有个文身，用哥特式字体写着一个词或词组；因为写得太密了，看不出来写的是什么。夹克下面还穿了件白色的马甲。从样子来看，他像是个通过勤奋工作获得了一定地位的人，身上的肌肉还紧绷绷的。

坐舒服了之后，他注意到我在看着他。他转过身来，身体靠在窗子上，这样他可以面对着我们跟我们说话。

"以前没见到过你们两个啊。"

"缺钱用。"凯茜答道。

"啊，谁不是啊。"

他带了个苹果来,这会儿开始拿出来,在裤腿上像擦板球一样擦了几下,然后举到嘴边咬了一口,咬掉了四分之一那么大的一个口子。他大口嚼着,然后把满口的苹果咽下肚,这才重新转过头来对着我们。

"你们俩居然跑来跟我们这帮家伙一起干活儿,肯定也是没辙了吧。"他说话倒是挺直。

"是这么回事。"姐姐说。

"你们俩以前都没见过啊,这他妈可不是人干的活儿。"

"是吗?"凯茜问,"有多不是人干的?"

"就他妈不是人干的。"他放低了声音,"那些个老板全都是杂种。我们这些人会来干,纯粹是因为没得选择。"

"怎么会呢?"

"我们好些个都是刚从牢里出来的,要不然就是工作记录不好,找不到正经活儿。吃救济的,好些个都是。不过老板们可求之不得呢。他们开车把我们拉到缓刑监督办公室或者职业介绍所去给我们发钱,因为他们知道,这样就能少付些。"

"有多少?"

"十小时算一天,一天二十镑。到手的可是现钱,不过这样的一天也会越来越长。几乎谁都不想再干了——就连立陶宛人也干不下去了——为这点钱不值得。只有我们这几个还能忍。我们想在救济金之外再挣点现钱，可以来上几品脱酒和一包香烟。"

"我自己卷烟抽。"

"是吗？真是个心灵手巧的姑娘。能帮我卷一支吗？"

凯茜拿出烟草，开始替那人卷起烟来。卷完后，她把象牙色的烟卷从前排座位的两个头枕之间递了过去，那人把烟夹在了右耳上边。"现在还不能抽。留着过会儿再抽。"

"谁是咱们的老板？"

"今天是考克森。他是最坏的老板之一，不过其实没一个好货。"

"你还替谁干过？"

"替谁都干。这儿附近所有的地主。做分拣土豆之类的活儿，也打零工。屠宰场里也会有临时性的工作。吉姆·柯凡也是个老板。戴夫·杰弗瑞斯。普莱斯。"

"普莱斯？"

"对，普莱斯。他是个让我他妈的怕得要命的家伙，不过我们不大能亲眼见到他。那家伙可是个大人物，太大了。"

"对，可你是什么时候见过他的呢？他长什么样儿？"

男人耸了耸肩。"我说了，我跟他其实没多少接触。谁都没有。只是我知道千万别去惹他。有个小伙子，那是两三年前，也许已经有五年了，在普莱斯的农场里干活儿时叫机器把腿给轧了。不知道他替他干的是什么活儿，不过那是在天暗了以后，那地方的灯点得也不够亮。约翰诺——那是那小伙儿的名字——他跑到酒馆儿里跟人说起了这事儿，接下来我就知道他想要从普莱斯那里搞些钱，算是对他受伤的赔偿。"

"搞到了吗？"

"搞到个屁。他一半的家人都被人从家里赶了出去。普莱斯有财有势，不仅把他给赶出去了，还把他可怜的小个子母亲、在多尼有间小公寓的妹妹和她刚出生的孩子，甚至还有个他妈的表弟还是什么的，住在郡里另一头的普莱斯的房子里，也都给赶了出去。全都说赶走就赶走了。你别去惹普莱斯，千万别去。是，我们很多人的确是想能让那家伙多少吃点苦头，可没几个人真敢去做。"

"会有谁敢吗？"

男人耸了耸肩，又咬了一口苹果，跟之前那口差不多大。苹果露出的边缘已经开始慢慢变成金棕色了。

"除非那人没什么好失去了，我想。"

凯茜看了看我。我感到她的大腿和我挨得更紧了，无意间我们的呼吸变得同步，把我们俩联结到了一项共同的事业。

货车开进了一座农家宅院。一眼望去，可以见到几间用红砖随便搭就的外屋,屋顶是波纹铁皮,远处还有几间牲口棚。还有两座大粮仓,一座漆成了蓝色,另一座漆成了白色,不过由于时日已久,油漆斑驳剥落,如今多半都已呈金属被雨水侵蚀后的颜色。粮仓的门洞开着,好给在里面干活儿的人照亮。

前排那男人的名字叫加里。这是他在我们下货车开始一天的劳作前告诉我们的。接下来我们就在他身边干活儿,干了十个小时,或许还更多。我们停过一小会儿,喝了几杯茶,凯茜和我匆匆吃了自己带的午饭。加里把我们介绍给了另外几个人,把我们之前干活儿的时候跟他小声说的东西告诉了大家。他告诉他们我们有个爸爸,他觉得自己能把普莱斯先生拉下马,或者至少是要跟他对着干。有些人当场就笑了起来,另一些人则转过身去笑,不让我们看到。但也不是所有人都笑。有些人从头到脚仔细地打量着凯茜和我,仿佛是要从儿女的身上掂掂我们爸爸的分量。如果他们是在那么做的话,他们很有可能会感到意外。我还只是一个小小的少年,凯茜虽说力量惊人,但在他们眼里依然只是一个小姑娘。不过至少加里似乎是被我们说服的。毕竟他一直都在面对面地跟我姐姐说话,而凯茜在说服人上面还是很有一套的。她每次都能用眼神跟和自己说话的人产生交流。她双眼凝望着对方,偶尔才眨动一下,眨得那么快,那么轻,几乎让人注意不到。有的人会神经质地笑出声来,而她不会。有的人讲着讲着会讲不下去了,而她总是专注于自己的故事,总是相信自己所说的一切——这是一种很少有人能获得的诚实。她的言辞中蕴含着希望吧,我觉得,加里就是这么叫她给抓住了。通过他又有一些人给说服了,凯茜瞅准一个时机邀请他们到我们家来,这是爸爸教我们做的。他们要是来了,我们就点上一堆篝火,一起喝着啤酒和苹果酒,在篝火上烤肉吃。有几个说他们会在讲好的时间去,加里说他还会再带几个人来。凯茜叮咛他,这事儿别去对别人乱说。他向我们保证,说会谨慎行事的。我相信他。那天晚上,我们把那些人的名字告诉了尤尔特。

第十三章

照料一片树林，意味着有堆积如山的修剪整理工作要做。为了让新长的树能够杀出重围存活下来，那些遮挡在上方的树枝、那些坏了的树皮以及业已倒卧的老树必须要清理掉。矮树丛中的野草必须要加以料理。长对了的幼苗必须要保证它们能长得出来，长得不对的要加以修剪。榛树要把旁枝修掉，保证主干的生长，这样接下来的几季才能像九头蛇那样再次抽出芽来。

从榛树上长出来的那些为数众多的细削枝干可以用来编篱笆和筐，篱笆墙和泥灰墙里也能用到。爸爸在我们的帮助下用篱笆墙和泥灰修建并扩建了鸡舍，还给安上了一个铺了茅草的屋顶，看着像一座小茅屋，尽管他也承认，正宗的茅屋匠若是看见了，是不屑将他这种只有个大概意思的东西称作茅屋的。

新建好的鸡舍跟我们的房子毗邻,它的后墙就是原先厨房的外墙,跟炉子紧挨着。这意味着那些母鸡也可以享受到从木头和石头间渗透过来的暖意,事实也的确如此。爸爸说,大多数人家都把鸡养在园子的尽头,离人住的房子尽可能远,为的是可以听不到它们咯咯咯的叫声和爪子抓挠的声音。爸爸说这么做不厚道,他宁愿住得吵一点,也不愿去想要把那些鸡毫无必要地留在寒冷中,其实明明就有很简单直接的办法可以解决。于是我们就把它们的家建在了我们的家旁边。鸡舍的篱笆墙在我们的房子上像老茧般皱起,突出了一块,而我家房子在爸爸前一年刚建好时,线条可是光滑而又笔直的。这活像是一棵挺拔的白桦树上挂了一个丑陋的大马蜂窝。

随着所有营建鸡舍的工作,以及所有进行中的对树林的抑制和塑形工作的开展,林木构成的垃圾堆得越来越多。许多我们都投进炉子里烧了,但时不时地我们也会在外面生起一堆篝火来燃烧。我们挑天气晴好的晚上来做这事,就算寒气依然很逼人。我们站在篝火旁,围着熊熊的火焰取暖、烤肉、烤蔬菜,或是在我们刚到那会儿,还住在两辆货车里,那时我们有面包就烤面包。

现在我们有了很多木头可以烧,这次我们决定把别人带来一起烤篝火。我们邀请了屠夫安德鲁、彼得、尤尔特和玛莎，还有凯茜和我最近接触的加里等农场劳工。尤尔特提议搞一次活动来名正言顺地认识人，来发动别人支持我们，或对我们这一片的人摸摸底细，看看有多少能争取的可能性。玛莎说我们独来独往得太久了。

也许是如此吧。一想到会有那么多张脸要到山上来看我们，心里就觉得怪怪的，就好像我们要被扒光了去游街似的。

话虽这么说，恐惧之余其实也还是有点兴奋的。我忙前忙后地安排届时要上的食物。我计算了一下需要的数量，发现好几天前就已经准备到位了。我从地里摘下了春天的蔬菜，把它们切成块，然后叉上了烧烤用的叉子。我从储物中挑出来一些大个儿的土豆。地里的新土豆还太小，不想惊动它们，于是我拿出这些大个儿的老一些的土豆，那还是去年秋天起放在粗麻袋里藏下来的。蔬菜的储备不多了，但我选的这些够大了，我用锡纸把它们包好，这样可以放到篝火的余烬里烤。人们烹饪时要烟熏什么东西时都是这么干的，外皮会变得松脆，而里面白色的土豆肉会像热奶酪团一样融化，跟我们会滋滋地洒在最上面的黄油在质地上相去不远了。爸爸对大部分肉进行了分类拣选，但我把边角料和内脏磨碎，加上大麦和调料，做成了小馅饼。

我们也邀请了薇薇安。

我几乎每天都和她见面。有时候她布置好阅读或作业就不跟我说话，只让我自己静静地完成。另外一些时候她会留下来陪我聊天。我很珍惜这些对话，要是能想到好的话题，我就会问她问题，关于我正在读的书，期望她的回答会又长又详细，这样就会将我们引向其他的话题，可以提出更多的问题，可以获得新的回答。

想到她将要到我们家里来，让我大感兴奋。我可以在一个新的地方见到她，带她在这个我、凯茜和爸爸一起居住的地方四处转转，想想都让我高兴。我想要带她看看树林里的那些树，带她看看我们家养的鸡，带她看看我的菜地和这所房子本身。我想要有机会能告诉她她或许不知道的东西。这是我的地盘，我可以向她展示。如果有时间的话，我还想带她去看看铁轨呢。客人逗留期间肯定会有火车经过，但我特别想带薇薇安去近距离地看一看。

不管怎样，同样的旧列车还在"咔嗒咔嗒"地驶过。我挺好奇火车司机和车上的旅客会怎么想，当他们在暮色低垂时望向窗外，看到我们的树林，看到山顶，还有从山顶后边袅袅升起的细细的黑烟。

计划中这是一堆巨大的篝火。爸爸把所有能找到的枯树都连根拔起：灌木篱墙中枯死的荆棘，一棵大橡树那业已倒卧、阻挡着马道的树枝。还有一棵山毛榉在前年一场仲夏的暴风雨中被雷劈中，树顶自那以后就软塌塌地垂着，虽然还是以往的形状，却已经开始腐烂了。爸爸把烂得最厉害的部分砍了下来，带回了家里。几天前我正在做准备的时候，他就一直在分解收集到的这些木头和植物，然后尽力按部就班地把它们都弄干。他先在一小点分解后的碎木下面生起火来，然后把湿木头堆上去，像在烧炭一样。

到了预定夜晚的当天下午，凯茜和我帮他把这些木柴都搬到了指定地点。爸爸坚持最后还要移动一下，而不是就地点燃，是怕万一有什么小动物在那里做窝。果不其然，在爸爸搬起一根老旧的大原木时，一只小刺猬迷迷瞪瞪地在天光下眨巴着眼睛，稍后才紧紧地卷成了球，只露出一团向外的刺。爸爸小心翼翼地用自己粗糙的大手将刺猬捧起，搬去了一个安全的地方。

码好的柴堆点燃后，可以很明显地感觉到这些大小树枝、树叶和原木中依然还有大量的水。水汽喷薄而出，发出"嘶嘶""噗噗"的声响，像正在沸腾的茶壶。但是火稳住了根基，经过一番小心翼翼的处理后，火焰送出了一圈圈的烟而不再是火热的蒸汽了。下午的风频繁而又多变，这儿那儿地打着旋。这对火来说是件好事，对我们可就有点不妙。

凯茜和我算不准该站在哪儿，不止一次我们被滚滚的黑烟逼得从火边跑开。

第一批客人到来的时候，舞动的琥珀色火焰已经在暮色中清晰可见了。尤尔特和玛莎带着一篮待烤的小饼干来了，没过多久加里等十几个工人到了，随后又有十来个给过地址的人紧跟着来到。有几个男人眼睛瞟着凯茜，不过有爸爸站在她身边，没有人敢去惹她的麻烦。许多人带着女朋友或妻子来，也有几个带来了小宝宝和大一点的孩子。安德鲁是从村子里来的，同样从附近村子里来的，还有彼得和另外一些爸爸帮过他们忙的人，或是刚听说了有这么回事的人。大多数人都带来了饮料和能在火上烧烤的食物，所以尽管我之前准备的食物消耗得很快，后来的又给续上了。没有谁是没吃饱的。

随着夜晚的推进，尤尔特·罗伊斯把男人们和女人们陆续叫到身边，每次一两个，跟每个人谈得很详细也很直接。他聊的是他们的生活和他们的家。他问了他们在干的工作，能拿多少报酬。他们住的房子归谁所有。他们向谁付房租。房租多少。大多数问题男人们和女人们都会回答。等到要他们讲讲老板和房东的罪恶时，大多数人并不觉得有什么值得遮遮掩掩的。谁又能怪他们呢？

一个羊毛衫外面套着运动服的女人自告奋勇地先开了

腔。她留着一头长长的深色金发，在颈后束了个低低的马尾。她用左手的食指和中指夹了根点着的香烟，跟尤尔特讲起了那个拥有她那套平房的男人。"以前我给镇上付租金的时候，我觉着东西总有人来帮你弄好。慢是慢了点，一直都这样，可最后总会有人来，帮你把炉灶或是别的什么东西修好。我知道该去找谁。我知道要经过某种，那话怎么说来着，某种程序，不管多烦。我把钱交给镇上，把那地方收拾得干干净净的，作为回报，我就有了个体面的地方住。现在换成了私人房东，这些就都没有了。我再也没有冰箱了。电线在去年断了，从那以后就再也没冷过。变成了另一只食物柜。"旁边几个人笑了起来。那女人也不恼，自己也温和地跟着咯咯笑了几声。"你们会觉得我天真，可我真的是直到那个时候，才意识到我住的地方只是块地。就跟你之前跟我说过的一样，尤尔特。在房东眼里，那就是一片能提供服务的地方，能用来换取我付给他的钱的东西。我是在为那块土地向他付钱。为了取得住在那块土地上的权利。这对你们大家来说也许很明显，可我没看出来，在镇上做我房东的时候没看出来。那会儿我觉得钱是用来维护房子的。可是，跟你们说啊，哪怕房子明天就要塌了，吉姆·柯凡依然会跑来收现钱的。这就是块地。只是一块地。我花了钱住在一块地上，而那块地我们，我们所有人，曾经是拥有了的。而现在，我他妈的玩儿了命地工作、挣钱，花钱来住的那块地是我们，我们所有人曾经拥有过的。我实在是一点儿都弄不明白这是怎么一回事儿，弄不明白了啊。"

周围一片嗡嗡的赞同声。

后来，我看见尤尔特站在离火堆二十米左右的地方，站在一张放色拉的桌子边。

"你得到你想要的东西了吗，尤尔特？"

"啊，对。有点儿星星之火的意思。你也看见了，是吗？"

我点了点头。

尤尔特给自己舀了满满一勺卷心菜色拉，放到一片松软的面包片上，还裹了一大片刚烤好的肉。

"效果很理想啊，"他说，"你和你姐姐在农场里干得很棒。玛莎的妹妹朱莉在邮局里也干得很棒。她给村里那些到邮局去的人都讲过这事儿了，村里有不少人都会去邮局取养老金或是投资收益什么的，也有人是取了现金去交租金的。"

"真是好大一群人啊。"我赞同道，"你觉得能干成不少事儿吗？"

"这个难说。"尤尔特说，"现在我已经不像过去那样了解这儿附近的人了。我再也搞不清他们的感觉，或者脑子里是怎么想的了。有时候我觉得神明已经死了，没有了，可有时候我又觉着它还在,只是在闭目养神。这儿的许多人都是当年跟我一起在矿井里干过的人的儿女。我那些老伙计好些个都是年纪轻轻就走了。他们喝酒喝得凶,抽烟抽得凶,吃这种肉也吃得多。我们都是。不过我在这儿的确见到了旧日世界里的一些东西。人们跟过去一样穷,也一样累。把人们在某个夜晚聚拢到一块儿要比让他们保持一团散沙的状态容易。同样道理,让一个群体重新凝聚起来要比让人们和家庭彼此不合容易。在过去十年乃至更长的时间里,大家其实都有这心思。"

尤尔特咬了一口汉堡,蛋黄酱从嘴角流了下来。我从桌上拿了一张餐巾纸给他,他擦了擦脸。这时我才发现薇薇安也站在我们身边。她用闪烁的目光看着尤尔特。我不确定他们之前是否认识,但还没等我给他们相互介绍,她已经开口说话了。

"事情不可能那么美好,不会一直都是。那些那么自然地走到一起来相互支持的男人,会醉醺醺地回到家里打自己的老婆。"尤尔特一听这话有点发愣。薇薇安接着说道:"这世上有的是梦,尤尔特,有的是记忆,也有的是对梦的记忆。"

尤尔特又等了一会儿,然后说了声"对"。老人点了点头,脸上露出凄然的笑容,走开了。他走向了放饮料的桌子,玛莎正忙着从小酒桶往塑料杯里倒苹果酒。

"你觉得这么干有用吗,薇薇安?"我问了一句。

她只是耸了耸肩。

第十四章

第二天我在薇薇安家。她跟我坐在一起,早上大部分时间都在跟我聊天,但到了下午,就把我一个人留在噼啪燃烧的炉火前,自己上楼去了。下午稍晚些时候,她计划要跟一个朋友在镇里见面。她跟我说她晚上会待在那儿,要到利兹的一家饭店去吃饭,然后跟这位朋友到剧院去看戏,再然后她会跟"他"或"她"去她家或他家。在讲话中她一直没有说出"他"或"她",尽管我很仔细地想要听到这些词;她也没有提到她或他的名字,尽管我也很仔细地想要听到那些词。我问了一些正常情况下会必须用名字或"他"或"她"来回答的问题。她回答了这些问题,或礼貌,或唐突,但就是没用到这些词当中的任何一个。

我听到她在楼上的房间里走动。楼板发出吱嘎的声响,沉重的橡木衣橱门咔嗒打开又关上。金属衣架在钢制吊杆上滑动的声音清晰可闻。还有薇薇安胳膊肘碰到梳妆台时玻璃香水瓶与旁边邻居们相碰的声响，以及抽屉从滑轨上拉出来的声响。

我能听见因为我听得很仔细。

我只去过一次薇薇安家的楼上。那会儿楼下的洗手间在修理，墙上的油漆还没有干。

我的第一个想法，尽管想来有点惭愧，是楼上不如楼下那么整洁。这里当然称不上纯净无瑕。楼梯的平台上放着椅子，椅子上放着一堆堆的书，旁边的字纸篓也已经满出来了。窗台上密密垂下的吊兰，叶梢已然有了锈斑，花盆里的土也完全干裂了。窗子里里外外都该用沾过肥皂水的湿布好好擦上一擦。电灯开关和门把手上到处都是油乎乎的指印。

洗手间的塑料地板上铺着一块厚厚的褐色小地毯，上面有星星点点的玫瑰香味的爽身粉。我在坐便器后面的架子上发现了一管。在跟莫莉奶奶一起住的时候我就知道这东西了，那时候每当我们洗完澡，奶奶都把我们从浴缸里抱出来，用毛巾把我们大致擦干，把那种糖霜一样的爽身粉抹在我们的皮肤上，然后帮我们把小腿和小手臂一点点套到有弹性的睡衣中去。

薇薇安洗手间脸盆上方有一面镜子，镜子下面是一个玻璃架子，架子上横放着几把牙刷，还有一管挤了一半的牙膏，蓝色带斑点的膏体有点漏到了外面。

我离开洗手间，原本是想要直接回楼下的。薇薇安在厨房里，正往茶壶里倒茶叶。旁边的水壶已经沸腾了，发出的声响盖过了她在那里弄出的声音，也盖过了我在这里弄出的任何声音。

我原本要直接回楼下，可通往她卧室的门敞开着，说实话我有点没忍住。我可以从门缝里走进去而无须把门再推开一点。

房间角落的一把椅子上放着一堆衣物，床上还有更多，有干净的也有脏的，衣橱的门敞开着。

我先是走到衣橱边，用手指顺着一件暗象牙色丝绸衬衫的袖子慢慢向下摩挲，衬衫的扣子用珍珠母碎片拼缀而成，下面衬着精巧细致的紫色刺绣的花瓣。然后，我又从衣橱的衣架上拿下一件棉布裙子来举在手中。这件裙子腰身很窄，而在能箍住薇薇安胸部和臀部的地方要宽大些。她穿裙子或是系扣子的衬衣时，胸部那里总是要把衣服撑破的样子。而穿裙子的时候，臀部那里总是紧紧的，肚子那里有时候倒显得空荡荡。

我浑身上下都是皮包骨头。隔着我瘦削、苍白的屁股都能看到并摸到我的坐骨，我自己也知道这一点。我的胸部也很瘦。我的肌肉发育不良，肋骨把皮肤撑得几乎都半透明了，光线从上面打下来的时候，骨骼的轮廓在阴影中清晰可见。

我来到了床上那堆混作一团的待洗衣物跟前。

你们得要明白，我之前从来没有想过自己是个男人。我甚至没有想过自己是个男孩。当然了，如果你问我的话，我当然会回答说我是个男的。我这么说并不意味着我有主动拒绝过这样的称谓。我只是从来没去想过而已。我没理由去想着这事儿。我跟姐姐和父亲住在一起，他们就是我的整个世界。我没想过凯茜是个女孩，也没想过她是个女人，在我的头脑中她就是凯茜。我也没想过爸爸是男人，尽管我知道他是个男人。同样，在我的头脑里，他就是爸爸。

在跟爸爸和凯茜一起住在树林里的那几个月，我的头发长长了。是不经意间留长的。我没想过要剪。我没想过要叫凯茜或爸爸帮我剪。他们也没提醒我要剪。于是就这么长长了。长成了山毛榉树树皮的颜色。而且因为没有梳子，所以乱成一团。有些地方很油，尽管我有洗，却也不能保证经常洗。我的指甲也很长。我都不记得有用过指甲钳。我不知道我们家里有没有指甲钳。指甲长得太长了，我就用牙咬，也算大致修剪了。但除了这种偶尔的、无意识的打理外，我一般任其自由生长。我后来发现，我的指甲对一个男孩，或者对一个男人来说并不算长得离谱，只是比正常的程度稍微长了一点而已。当时我并不知道是女孩而不是男孩才喜欢留长头发和长指甲的。我根本没有想过这事儿。我也没有意识到，住在附近的男人和男孩中，没有人会穿够不到牛仔裤的T恤，像我这样。这同样是有点出于无意的。我已经在不经意间长高了，可依然穿着原来的T恤。不过我必须得承认，我之所以会这样穿衣服，部分是因为见到过母亲这样穿。我穿那些显小的T恤，那些太紧的牛仔裤，会露出一截肚子，是因为我见到过母亲这样做。而且也没有人来纠正我。或者说没有人注意到。或者这根本无关紧要。或者说我根本就什么都不知道。

因此当那次我跑到楼上去用洗手间，拿起薇薇安的一些内衣，把它举在手中看着花边，细细寻索着衣袖上淡淡的残余气味，这跟如果我是个成年男人，在没有受到邀请的情况下走进一个女人的卧室做这些事是不同的。我向你们保证，这是完全不一样的。我没有恶意。我怎么会有呢？

我不知道何谓礼仪，也不知道男人和女人应该怎样才算行为正确、举止得体。我也一点儿都不懂某些身体的部位拥有与其他部位不同的价值，或分属不同的范畴。我不知道这些身体部位是用不一样的衣物来保护的，这些身体部位的某些价值或某种意义是通过规定的衣物来减弱的。

一句话，我不知道自己在做的事情意味着什么。

此外，我的兴趣跟一个真正男人的兴趣是不一样的。

因此我的行为是不能和成年男人归入一类的。

我又听到了薇薇安在楼上的声音。她离开了卧室，走进了洗手间。她开了灯。我听到了排风扇那有节奏的、凉风习习的哼鸣。

我从扶手椅中起身走到壁炉边。我从架子上取下拨火钳。火钳的把手因为靠得离火太近而有点烫，我只能轻轻地拿着一点。我把钳子捅进炉火的中心，那嘶嘶作响的煤炭。我把钳子停留在那里。我把钳子停留在那里的时间太长了。铁的温度从刚刚能忍受升到了刚好不能忍受，我握着的手本能地松开了。拨火钳掉在了炉膛里，"当啷"，一记空洞而又悦耳的回响。

薇薇安听到了。"下面没事儿吧？"她喊道。

我没有回答。尽管没听到我说话，但也许她并不是太上心，所以既没有再问，也没有下楼来。

我思考着需要做什么才能让她冲到楼下来。我用套衫的袖子盖住依然有些痛的手，弯腰再次抓起拨火钳。我犹豫了一下。要是用火钳把煤块敲到地毯上，也许有点过分。我寄希望于让地毯着火，至少也造成些明显的焦痕，但把煤块从炉格上敲下来也许会造成超出我预期或可以掌控的破坏。薇薇安所有的家具、图画、书籍都有可能被烧掉。那时候，她会被迫穿着睡袍或有什么穿什么，慌慌张张地跑下楼。

我把拨火钳重新放回架子，走进了厨房。薇薇安把她最好的瓷器盘子都陈列在一个橡木威尔士餐具柜的上面几层。她有一次跟我讲过这些瓷器的制造商和制作年份，还告诉我这是她祖父母的一个远房姨妈送给他们的结婚礼物。

我只要用胳膊这么一扫，它们就都会从现在的位置上掉下来。它们会掉在矮一点的橱柜的面板上，其他的则哗啦啦掉落并摔碎在石板地砖上。那些精细的、手工勾画的靛蓝花朵和褐红色叶片会化成地板上难分彼此的一堆碎片。薇薇安在楼上准会听到响动奔下楼来。

这肯定会很刺激，肯定的。不过我知道，我最后准扛不住她对我的痛骂。她会冲下楼梯，看我站在一堆她祖传家宝的碎片中。我的心跳会加速，我敢肯定会的。这件事肯定会令我感到极度的兴奋。但接下来兴奋就会凝结。我会看到她的怀疑、她的失望、她的愤怒，而我的负疚感刚开始会悄悄潜入，随后就变成奔涌而入，与我的兴奋迎头碰上，充斥我的五脏六腑。

我把电水壶从底座上拿起，灌满水，然后放回去，扳上按钮。刚开始只是一丝轻微的声响,没多久壶里的水就翻腾起来。汩汩的水声和喷薄而出的蒸汽足以掩盖我的脚步声。我轻轻地爬上楼梯。

薇薇安的卧室紧挨着洗手间,门半开着。她站在那里,身上只有一个胸罩和一件薄裙。胸罩是黑色的,带蕾丝边。薄裙则是奶油色的丝裙。可以看到肉色连裤袜的棕黄色腰带高过裙腰,紧紧地箍着她的肚子。那地方就在她腰最细处下面一点,也就是如果她怀孕的话小宝宝待的地方,那地方微微隆起,顶着奶油色的丝绸薄裙。她已经梳过头了,头发上有一个故意挽就的松松的结,那发结正被卧室里的白炽灯照着,反射出金灿灿的光。

她站在镜子旁边,身子歪向一边,正在往睫毛上涂睫毛膏。

她没有看见我。她没有听见我。水壶在鸣唱。我向后退去,倒退着走过楼梯中间的平台,倒退着走下楼梯。

大约半小时后,她穿着晚礼服走下楼来。她可真美。

IV

我跟比尔说话说得有点多。我悠悠荡荡地走着。我把他从大路上给吸引过来了。我跟他说起凯茜,说起爸爸,说起我们建在山上的家,说起树林和树,说起我们吃的食物,说起我们喝的苹果酒。我跟他说起我们交的朋友,我们养的动物。我把所有都告诉他了。所有在那天晚上发生的事情。

我走累了,而比尔也是在往北去。到前头去跟她会合,他跟我说。会在铁路线的终点发现她的。

我跳进了他的出租车,我们开进了夜色里。

我就是他的收音机。我唠唠叨叨、叽叽喳喳地讲个不停。然后我不出声了,想起了自己的心事。

去往爱丁堡正常只要两小时,但这位陌生人开出了一条弯弯曲曲的路线。他开的是小路、对角线的斜路,辗转于村镇之间运送货物。我在那里所见到的乡村超出了我原先所知。这样对找她反而更好,他说。你不知道她去了哪儿,他说。这点他也许说得对。

我们驶过覆盖着紫色石南的山峦。我们看到几英里外被阳光照得金灿灿的巨岩,看到涨涨落落的灰色的北海。

眼睛蓝得像北海一样,爸爸曾经这样说姐姐。眼睛蓝得像北海一样。

比尔跟我说起了他身体上的印记。以前他还在读书的时候,有一次,他把加着热的烙铁拿错了头,掌心像蜡一样融化,一直延展到了会弯曲的骨头那里。他左脚有部分脚指头不见了,叫一把砸歪了的大锤给砸掉了。他右边的大腿上有一条贯穿的大伤疤,那是他爬铁丝网掉下来时落下的。注意到了吗,没一样是正常的。跟爸爸打拳得来的伤不一样。那只是些擦伤。在他的眼球上有一些花斑,那是他小时候某次感染后留下的。另外,他的虹膜也是西约克郡砂岩的那种灰棕色,上面也有烟灰般的斑点。

我坐在比尔的出租车里,从那雨渍斑斑的脏兮兮的后视镜中看到了自己,我倚靠着乘客这边的窗子,那窗子上沾了从我脸颊碰触而来的油脂和手指印,以及在我之前坐过的人那儿得来的油脂和手指印。我失魂落魄。面目扭曲。眼神涣散。六神无主。世界在我的面容后面飞快地闪过。比尔在我身边又讲了好些故事。跟建筑承包商打交道的事。从公路货运圈子得来的种种见闻。有次渡海之后他打开集装箱后门,竟然有好些个人从集装箱里跳出来。他根本不知道车里还装着这么些个人。

  我们在某条靠近边界的小道上停了下来。我们要到早上再继续行进。我们要再次过夜。他跟我说,第一眼见到我的时候还以为我是个小姑娘。一个独自站在路边的小姑娘。

  我掉头望向窗子。窗玻璃上雾蒙蒙的。远处的街道黑暗、潮湿,两边各缀了一线若有若无的光。

  这个年龄比我爸爸还大的男人抓住了我的手。

  我屏住了呼吸。

第十五章

罗伊斯先生说，篝火晚会刺激了这儿周围的人。凯茜和我把这看作是一桩好事。他说，现在所要做的就是把那份美好的愿望付诸行动。

罗伊斯先生着手去把那些给农场干活儿的劳工们组织起来。他们会要求得到更高的报酬。这里附近的土地拥有者一直压着不给劳工们增加报酬，威胁说要告发他们存在收益欺诈的行为。但罗伊斯先生说，如果他们之中有足够多的人能团结起来，提供扎实的证据来证明老板们有串通一气的行径，那么他们的威胁就会落空。地主们就会尝试从别的地方雇人来填补人手缺口。土豆需要分拣，水果需要采摘，夏季眼看着就到了，收获季节日益临近。田野里没人干活儿可不行。

早晨，他们在平日里挑人的地点会合，但没有跳上货车就走，而是递给了工头一张纸，上面写着他们所提出的要求。是罗伊斯先生帮着他们写的。他有矿工罢工的经验，尽管这次的团体规模要小，而且有天晚上我也听到罗伊斯先生平静地向爸爸坦承说，这次的团体规模也许太小，而且他们的工作也太容易被取代了。

他们抱的希望是：拒交租金能激起更大的影响。更多的家庭可以参加到这项活动中来。那些原先住的是镇上所有的房子，一度拥有过产权，后来又被普莱斯先生或他的朋友们把产权给买了回去的人们。房租比大多数人能够承受的都要高，而且这附近几个村子里——原先的煤矿村——的人早就都已经深陷对普莱斯等人的债务之中了。他们害怕这些债务随时会以任何方式得到催缴。

爸爸跟罗伊斯先生轮流去往每家。许多人参加过篝火晚会，而没参加的也从其他渠道听说了计划。爸爸和罗伊斯先生对每个人说，大家都不准备再付房租了，把通常用来支付给普莱斯先生或其他地主的钱集中起来，形成一个中心基金。这是为了帮助大家应付不时之需，罗伊斯先生私底下说，这样可以以防万一。防的是万一事情进展不顺，到最后必须把房租全部付清。这一点他同样没有跟团体内的人们讲，只是在跟玛莎和爸爸讨论时说的，而他们的讨论凯茜和我总是在一边听着的。

有天晚上，爸爸喝苹果酒喝醉了，躺倒在房子外面丰厚的草坪上。他对我们，或许是对自己，或许是对房子，或许是对着树，又或许是对着树枝上的小鸟说，说我们都是傻瓜。他说这一切全都只是虚荣，尤尔特出于虚荣觉得这样的做法依然能起到作用，而他的虚荣则是认为自己能保护大家，与此同时还能保证我们的安全，能保住我们这所山上的房子。这些都是往昔的梦，他说，而梦就应该让它只是个梦。

不过第二天早上，他还是早早地起来，如往常一般到村子里去巡视，去打消人们的顾虑，去看看有没有什么拆台的事情，去向这些人表明他依然站在他们这边。他去了有三个多小时，回来的时候情绪开朗乐观。"我们说不定能打败那帮杂种。"他跟我们说。

罗伊斯先生的情绪同样阴晴不定。有时候他上山来看我们或者我们到村子里去看他时，他都神情阴郁，显示出竭力压抑着的恐惧。但通常他都对行动充满希望，滔滔不绝地讲着他所遇到的积极反应，以及所有的迹象。至少暂时看来，都还是积极的。

有消息传来，说杰拉德·卡斯特已经给劳工们涨了工钱。罗伊斯先生早上和劳工们一起去了上车点，亲自跟工头就此事理论了一番。杰拉德·卡斯特从农场里跑来跟他们对话。"我的道理说过他了,对不对?"罗伊斯先生说,"他没准备,我一开始跟他谈法律他就给吓住了。这就是关键。你得看着像那么回事儿,看着好像你知道自己在说些什么——当然了,我实际上的确知道自己在说些什么,但不幸的是,看着像知道往往也一样重要——对,这样就不知道该怎么办了。就是这么回事儿。卡斯特被我们打了个猝不及防,说要是这些人明天来就可以照我们谈好的拿钱——也就是所有的地主都该遵照的标准付钱。这些农场主和地主是一伙儿的,普莱斯是他们的头儿,但要是没了他,他们一个个的就什么都不是了。这是我们必须要记住的。"

我们向罗伊斯先生表示了祝贺,并叫了我家附近的几个劳工来喝一杯。这多少算是庆祝,但同时也是要确保他们在心里把这场胜利同我们的房子联系到一起,和几个星期前篝火晚会上说过的那些话联系到一起。如果他们回去工作了,却记不住他们是在跟谁并肩作战,记不住他们是在跟谁作战,那就还是白搭。普莱斯先生是真正的敌人,爸爸总是这么说,但也许只有对我们才真的是这样。

有一天晚上他的确跟凯茜和我说过,虽说他深切关注着卷入此事中的每一个人,但还是忍不住眼睛只盯着我和凯茜的房子。他有时候就是这么说的,凯茜的和我的房子，就好像他自己并不真正住在里面一样。就好像他忘了这是我们的房子，我们是一家人，或是他忘了他还能生活在一个家里面，忘了自己需要安定下来，舒舒服服地过日子，接受姐姐和我的照顾。

他告诉我们，这其实才是他参与这一切的原因所在。为了保护我们，为了让我们能保有我们的房子，让我们在这所房子中的生活能一直安全。他说他这么想不好，所以叫我们不要把这话讲给别人听，但如果事情真到了这一步，他会做任何事情以确保我们的平安。"让其他人见鬼去吧。"他有一次这么说过，说得非常平静。

好消息不断传来。杰拉德·卡斯特的事过去几天后，罗伊斯先生来看我们，带来消息说，有一个叫杰里米·希金斯的农场主也答应了他们的要求。两三天后，又有一个答应了。

最初的两三个礼拜里，一切似乎都顺风顺水。那些人相互间都在问，为什么之前没能做这样的事。他们都觉得自己的工作不值什么钱。许多人刚从监狱里出来或者好久都没找到工作了。他们觉得自己能干的就是农场里短期的粗活儿，能拿的也就是不能摆上台面的钱。也许他们是对的。但地主们依然需要他们。地主们雇这些人干活儿并不是在做善事。工资涨了以后，雇主们是有可能会跑了，去找别的人来替他们干活儿,但他们不想填表啊,准备法律文件什么的。要求涨工资的这拨人并没有要求签合同什么的。这事儿大伙儿讨论过,包括罗伊斯先生在内,所有的人都决定还是不签合同。没有人想要以任何方式进入官方的视野。这不是出于怕交税的原因。就是因为任何人都不想要当局——尤其是警方——了解这件事的哪怕任何一点。对劳工们来说如此,对农场主们来说也是如此。这似乎是所有这一切运作的一个平衡点。两边都想要给对方压力,但都不想弄到警方介入的地步。

有鉴于此,当双方开始产生冲突后(爸爸事先就说过他们会反弹的),普莱斯先生那伙人并没有犹豫不决,因为他们不怕我们或任何人会去告发此事。在最初答应了劳工们的要求后,杰拉德·卡斯特和杰里米·希金斯以及所有最开始做出了让步的农场主都反悔了。这多半是因为他们相互间打探了消息,然后又跑去找了普莱斯——尽管刚开始的时候他们被劳工们和罗伊斯先生的活动给吓蒙了——把这事儿又想了一遍,评估了一下形势,想出了某种计划。

陆续有报告传来,说农场主们正在从其他地方雇人手。一车车拉人过去呢。"标准做法,"罗伊斯说,"你只要知道怎么应付就行了。我们得弄清他们是从哪里找来这些人手的,在哪里上车,要送到哪儿去。我不知道再后面的计划是什么了。"

等到月底来了又过去了，整个地区的房屋没有任何一家缴付租金，真正的骚动才算降临。这可是更大的事情。罗伊斯先生说这才叫厉害。这才是牵涉真金白银的地方，他说，在这一片或许能找到新的劳工，可要想找到一批新的租户就要难得多了。

于是自然就要起冲突了。普莱斯先生等人常年雇了一些人来收房租，解决租户的问题。这些人全都人高马大，身体强壮，手段狠辣。要是哪个租客过了该付租金的时候还没付，他们就会来催讨。这些人是全职的、属于地主私人的执法警察。他们会来敲门。他们会出言恫吓。如果钱还是收不上来，他们就会破门而入，用实物抵债。这些人都是粗汉，人高马大，下手黑。不过他们在爸爸面前就不算个事儿了。

要论起狠来，爸爸可算得上是王了。这些人当中个子最高大的，往爸爸面前一站都矮了一个头，像是在面对一个巨人。爸爸的一个胳膊能有他们两个的那么粗。他的拳头快赶上他们的脑袋那么大了。他们每个人都能蜷坐在爸爸的怀里，就像胎儿蜷在母亲的肚子里。这些人不敢动爸爸，要是他们想悄悄地有所动作，他自然知道该怎么对付他们。

那些私家执法警开始上门敲门了。刚开始的时候，他们会集中在某片地区的几户人家。这让爸爸很容易对付。加里，就是我们在分拣土豆时认识的那个，可以随意使用他叔叔的汽车。只要哪个租户一个电话打过来，他就会以最快的速度载着爸爸赶到。爸爸会从车子里出来，让那些人知道他的身形有多么庞大。那些执法警一见就开溜了。

于是那些家伙开始打破规律。他们会只到某一片跑一家，然后不等加里和爸爸赶到，便爬进车里扬长而去。不过爸爸还是会赶过去。哪次要是有两三个家伙叫他给逮到了，他就会把他们从篱笆墙上给扯下来，拽进一片野草茂密、周围缀着野花、高高的山楂树遮挡了四周视线的地里。在那里，他打断他们的几根肋骨和手指，然后放他们逃去。

那样的事情爸爸干了两三次，对付过两三帮人。执法警们开始对自己的活儿失去兴趣了。对他们来说，这就是一份工作而已。他们只是冲着钱去的。这些地主付给他们的钱，不值得他们去冒断脖子的风险，更何况地主们付给这些执法警的不可能比从这些租金里赚到的更多。

我们似乎越来越占了上风。大家的士气都很高昂。我们定期会面，在我们家里喝酒、聊天、相互打气。有一股真正的精神在推动着大家，大家都劲头儿十足。

不过当然了，这是不会长久的。在一个星期二，晚上挺晚但天也没有全黑透的时候，普莱斯先生开车到我家来了。

普莱斯先生开着路虎上山的时候，我正拖着步子在小路上走着。在过去的两周时间里，夏雨绵绵不绝，山洪顺坡而下，带来了半吨的泥沙和岩石，在我家门前小路末端靠近跟马道交汇的地方积起了水潭。我从工具棚里拿了一把铁耙，正在把沉积物向两边耙开，清理出小路的形状来。到处都是泥。在我用铁耙清理的时候，黏稠的泥土粘在铁齿上，几乎无法透过表土看到金属。

我听到普莱斯先生的吉普车沿着马道开上来了。我不知道还有谁的汽车能有那么强劲而又顺滑的引擎。他转过拐角驶上我家门前的小路，汽车的前轮深深地陷进了泥浆里。引擎低吼着加速，轮子转了一会儿，溅起泥浆，我若不是早看到躲开了，准会溅上一身。他不敢再硬往上开了，慢慢地倒了回去，退到马道上，把车停在了道边。

他打开车门走了出来。如果他在贴了膜的车窗后面有过慌乱和不安的话，那在他踏出车门，步入夜晚的灯光时，丝毫也没有显现出来。他朝我走来，身后渐沉的落日将他照亮。"你已经是个大小伙子了。"他说。

我磕磕绊绊地说，"我……我这就去替你叫爸爸。"

"不，不，不。"他伸出一只手把我拦了回来，让我跟他一起来到了马道上。他的声音温柔宽厚。他的脸上满是善意。

我抬头望了望自家的房子。灯已经亮起来了。

上帝啊,我有时候真是个胆小鬼。

普莱斯先生依旧站在那里,张开一条手臂,等着我。所以你们看,有这么个人就站在我面前,我总也不能让他难堪吧。

我深一脚浅一脚地涉过泥浆来到了小路上。普莱斯先生领着我来到一个长着忍冬,从房子里望不到的地方。

他站在我面前。他穿着雨靴、灯芯绒裤子,在这温暖的夏夜里他上身只穿了件格子棉衬衫,扣子解开着。

他把左脚放在路堤上,人也通过左胳膊肘倚靠着路堤,整个身体的姿态是打开的、下陷的。因为取了这样的姿势,他比我要略矮了几英寸,用有斑点的眼睛仰望着我。

我发现自己有点紧张得手足无措,我的鞋后跟在湿漉漉的草上来回蹭着,两手的手指则忽而攥紧忽而松开。

"你姓什么,孩子?"

"奥利弗。"

"丹尼尔·奥利弗?"

"对。"

"丹尼尔·奥利弗和凯瑟琳·奥利弗?"

"对,怎么啦?"

"你爸爸姓什么?"

"斯迈思。"

"斯迈思?"

"对。你知道的。"

普莱斯先生点了点头。"我的确知道。我就是想问问。"

他变换了一下重心,现在他站得比刚才高些了,但我依然能从他的态度中感受到一些温暖。

"你和你姐姐姓的是你们母亲的姓?"

"对,怎么啦?这不是也很常见吗?"

"是挺常见的。"普莱斯先生停下来润了润嘴唇,眼睛一直看着我,"知道吗?我愿意花在叫奥利弗的人身上的时间可比我愿意花在叫斯迈思的人身上的要多很多。你碰巧是叫奥利弗,可真幸运。"

我耸了耸肩。"我对我母亲其实并不太了解。爸爸对我们来说身兼二职,既是父亲又是母亲。其实是爸爸和我们的莫莉奶奶。在我们来这儿之前。我也许在姓上是奥利弗,可在心里边我是个斯迈思。"

普莱斯先生想了想这话,然后几乎微不可察地摇了摇头。"不,不,我一点儿都不这么认为。你跟你父亲一点儿都不像。"

这话听在我耳朵里怎么都觉得是有点固执。

普莱斯先生继续说道:"我觉得事情闹到现在这个样子,

你是不会感到开心的。我觉得用这样的手段，或者让这样的事情再拖下去，这不应该是你的本性。我指的是罢工。还有该付给我的产业的租金。有点傻，对不对？如果你想要知道的话，这就是我的看法。根本就不该走到这一步。我问我自己，为什么你父亲和他的朋友要用这种方式来解决问题？为什么不直截了当地来找我，有什么不满意的可以跟我说嘛！"

"你威胁我们要把我们从住的地方赶出去，这就是原因。"

"我有吗？这是你听来的，对吧？你在场吗？"

"没有，我不在场。可爸爸这么说的。"

"爸爸说的？"

"对。"

普莱斯先生直起身来，双臂抱在胸前。"明天我会把这块地给你。"他说，"这片小树林，有五六棵不错的树，还有会滑落到这片平地上的泥浆吧？明天我会把它给你。不是给你爸爸，是给你。不是姓斯迈思的，而是姓奥利弗的。你爸爸是个野蛮人。你是你母亲的儿子。你觉得怎么样？"

"我……我不怎么明白。"

"我跟你说的是明天我要把这块地，也就是你爸爸建了房子的这块地，给你。它会是你的，正儿八经的。我会签文件。以后不会再有问题的。"

"但光我自己我可不想要。我还是想要跟爸爸和凯茜住在一起。"

"我想也是这么回事。我受不了把你母亲的土地交给你父亲。从来都受不了。可他就这么大摇大摆地住上去了,对不?他想得到这块地有好些年了,然后某天早上,他就突然露面,开始盖起了房子。等我听说这事儿的时候,他都已经盖得七七八八了。这话我没说错吧?"

我没有作声。

"你知道这是你母亲的地,是吧?你父亲肯定跟你说起过这个吧?"

我依然没有作声。

"你知道她是生活在这儿的吧?一直都是。她从父母那里继承了这片土地。她在经济萧条那会儿破产时——你是她儿子,应该知道这事儿的吧——她跑来向我求助。所以我从她手上以很高的价钱买了这块地,要不是因为你父亲的话,她原本是可以重新振作、从头开始的。尽管这块地从法律上来讲是我的,哪怕你父母给我造成了那么多的麻烦。你母亲活着的时候是两个人一起给我惹麻烦,现在则只有你父亲一个人在给我惹麻烦,哪怕如此,我还是会乐于把土地签字转让给你,丹尼尔·奥利弗。我这么做是出于对你母亲还是小女孩时所怀有的喜爱之情。可谁想到你父亲夺走了这份美好感情。他从我手里夺走了他无权获得的东西。"

我又一次耸了耸肩。"可这地不是也没人在派用场吗？"

"也许是这样。但世界上做事情的规矩不是这样的。好人、体面人不是这么办事的。"

"我们是体面人。我们需要有个地方住，就这么回事。"

普莱斯先生上下打量了我一眼，绕过我朝着路虎走去。我以为他就要开车走了。我替自己感到一点小小的自豪，仿佛是我把他给打发走了，仿佛是我为全家做了一件好事，可他并没有要离去。只见他打开副驾驶的车门，把手伸进了手套箱。再出来的时候手上多了一个透明的塑料夹，里面有厚厚一叠文件，大部分是白色的，其余的则五颜六色：粉的、黄的、蓝的、绿的。

"文件就在这儿。"他说，"我愿意签署文件，把土地正式给你，丹尼尔·奥利弗。看，你是名字写在这儿的一方。"他指了指扉页上印着的字。我看见自己的名字用黑色正体的大写字母写在那里。"不过我知道，你一定想要跟你父亲一起住在这里——你毕竟还是个未成年人——所以我有一些条件。我需要知道，你父亲不会像他在最近这几个月里所表现的那样，是一个充满敌意的邻居。我不想有这么一个要让我不好过的人跟我住得这么近，一个会威胁到我的生意和产业的人。谁会愿意这样呢？没谁会。所以首先你得告诉他，如果他想要确保你们大家有个家，他想要让这块地在他儿子名下——因为他可以放心这块地永远也到不了他的名下——他就必须停止眼下在干的这些蠢事。他必须让那些叫花子回去干活，必须保证房租能交上来。我已经跟这里的租户们说过了，我们都同意把租金再往上调一点。这样才公平。在接下来的两年里，租金不会再增加了，以后也只会在有通货膨胀的时候才增加。知道通货膨胀怎么回事吗？算了，别去管它了。我在这儿都写清楚了。"他晃了晃手中的文件夹，"这儿有一封给你父亲的信，还有如果他同意后我会签署的文件副本。他能看着好好考虑一下。他可以权衡一下形势再作决定。那就是最后决定了。不能改了。"

我从他手中接过文件夹，夹到了腋下。"就是那些条件吗？爸爸停止这一切事情？"

"那还不是全部。"普莱斯先生说，"你爸爸必须替我工作，在我有活儿给他的时候，他以前一直都那样的。他必须浪子回头。以前他的肌肉是我的，脑袋是我的，拳头是我的，脚是我的；他的眼睛、耳朵、牙齿全都是我的。你知道他是怎么跟你母亲走到一块儿的吗？"

"这事儿我从来都没认真想过。"

普莱斯先生没有答话。他架起胳膊，放下，然后又搭到了胯骨上。"记得把话带给你父亲，"他点了点我的心口说道，

"告诉他那就是我跟他要的。我要重新派他的用场。他和他那么个大个子,我还从来没见过,整个县里,整片乡下我都没见过。告诉他我要看到他那些肌肉接受考验,要看到他那对拳头用对地方。对了,我知道他再也不会替我挨家挨户、转来转去,教训我要他替我教训的人,跟他还是个小狗崽那会儿一样。不过告诉他,要是他愿意干,我有更体面的活儿让他干。告诉他我替他找了个家伙跟他打。"

说完他就转身走回自己的吉普,开车离开了。泥浆像炮弹一般四下飞溅。

之前我把耙子留在了淤泥里,笔直地朝天竖着。对于我要干的活儿,这不是称手的工具。我从泥地里拔出耙子,甩到了右肩上,一颠一颠朝着山上的房子走去。

走到房子跟前,只见前门被一阵没头没脑的小风裹卷着,忽而大开,忽而又渐闭。凯茜由着这门这般开合,也是想借这带着潮意的小风吹一吹地板,拨弄一下窗帘,拂一拂墙上的缝隙,给家里带来柔软的清新、湿润的花粉与扯断的树枝的气息。

"淤泥清理干净了?"爸爸问。

"没有,被人打断了。"

我把文件夹递给他。他看了看,又抬起目光看了看我。

"普莱斯给的。他来过。他叫我告诉你,他想跟你达成某种协议。他要你替他干活儿，不过不是你想的那样。他说他会找个人来跟你打拳。然后他就会把地给我们——他签完字给我们。他说他会这么做的。"

"他说的？他会提供那块土地的文件？"

"是的。给我们。"

"给我们大家？"

"给我。他说他会签字把地给我。我不是很明白。但反正就是那个意思。在法律文件上这块地会成为我们的，这总不是说着玩儿的吧。"

爸爸又朝文件夹看了看，然后把文件拿了出来。他仔细看着这些文件，把它们平摊到桌上，身子凑上去。他用食指点在那些词句上，一个词接一个词，边看边读出声。就这般过去几分钟后，他把文件推到了一边。

"对我来说毫无意义。"

"要不我帮你。"我试探着说道。

他摇了摇头。"不，孩子，不是那个意思。我知道这说的是什么。我只是在想，人们把某样东西写到纸上，关于一片土地，这片土地有生命，会呼吸，在变化，会震动，有时涝，有时旱，而某人可以随心所欲地使用它，或者一点都不使用它，而且他还能不让别人染指，而这一切全都只是因为一张纸。这才是让我觉得毫无意义的地方。"

爸爸把文件收拢、对齐,重新放回到文件夹。在他起身的时候,椅子腿在地面上拖曳出声响。这个身形巨大的人在走向前门时显得那么无精打采。

"我会考虑的。"他说着离开了屋子,朝着树林走去。

第十六章

那封短信来得很早,我们当时都还没起来。凯茜是在厅里发现的。那是从门底下塞进来的。她要做早饭,就把信放在厨房的案桌上,像一把小斧子一般在玻璃牛奶罐和搪瓷咖啡壶之间砍出一条路来。

我是闻到培根的香味儿醒过来的。循着香气,爸爸也从卧室里探出头来。他在我穿过开着的门走进厨房的时候看到了那封信。他伸出拇指和食指,把信拿了起来。看到信封上写着是给他的,然后用切面包的刀子裁开了信皮。

"普莱斯先生的?"凯茜问了一句。此时,咖啡已经在炉子上坐了太长时间,从壶嘴洇出了一道深棕色的浑浊液痕。

爸爸"吼"的一声清了那天早上的第一次嗓子,把黏附在气管里那隔夜的潮气和抽烟的残余给吐了出来。

"他使唤我了。"

"去格斗?"

"对,差不多吧。他把这事儿安排得就好像只是一桩生意一样。会有奖金,会让人们下注。不过当然,我们都知道这次比赛可跟生意一点关系都没有。他想要让我为他打拳。如果我赢了,他能得到很多钱,然后会把这块土地签字转让给你们两个。如果我输了,哼哼,我敢肯定他还是会得到很多钱。他总能把事情弄成那样。"

拳赛将在能俯瞰赛马场的树林里进行。这在之前是有过先例的。几百年来,流浪者们都是跟着赛马场的赛事走的,等到比赛结束夜幕降临,他们就在那里买卖马匹、马具,进行娱乐活动。这时,赛马场就成了流浪者和他们的朋友们的天下了。灯火会点亮,肉香喷喷地烤起来,威士忌畅快地喝着。拳赛也会在这时展开。

最近这阵,赛马场后面的树林成了举办拳赛的所在,因为这里可以遮挡警察和路人的耳目。遛狗的人很少会涉足那片树林,大家都这么说。

爸爸在小树林里训练以恢复体形。他举他能够找到的东西——圆木啊,石头啊——直到跟他一起协作办事的几个人给他拿来了几个用过的哑铃。他也举我，就好像我没有分量似的，就好像自从我出生后，他从母亲手里接过我那一刻起，我的重量没有变化似的。

他吃更多的肉和鱼，几乎比之前吃的量翻了个倍。他还散步、跑步以增加耐力。他说现在耐力比以往更重要了。他知道自己打出去的拳头有多重，有多快，但如果对手比他年轻许多的话，就会绕着他跑，消耗他的体力，然后要是爸爸出错的话，他也许就会被击倒。

有天晚上，他跟我说起了他所惧怕的事。他先确认了一下凯茜是不是出去了，她常常会自己跑出去的，然后他不同寻常地以明白无误的口气跟我说起话来。他说他担心自己已经太老了。他说这世界上没有比成功更大的负担了，他拥有未被击败的纪录和超出了英国和爱尔兰国界的声誉。当然是在特定的圈子里。但是背负着那样的纪录出战会变得前所未有的艰难。他之所以会担心，是因为这场比赛对他意义不凡。

在他之前为了钱而打的比赛中，他可以不带任何期望。哪怕别人把攒了一辈子的钱押在他身上赌他赢，他也可以不放在心上，除非他想要。他可以保持平静，若无其事，而他能赢正是因为能够无所顾忌。

而现在与胜负攸关的则要多了许多。绝不仅仅是金钱。

而且他年纪也大了。"老肌肉啦。"他拍拍自己的肱二头肌说道。

我跟他说，我根本不在乎他输了，我们可以想别的办法来保住我们的房子，来把普莱斯从我们的生活中赶出去。要是做不到的话，我们也总是可以搬家，再重新开始，我们依然还在一起。

拳赛前夜，我和两只小狗一起下山去薇薇安家。我们房子里的气氛有点紧张。爸爸去了小树林，凯茜坐在台阶上抽烟。我想要出去。暮色渐深的时候，乌鸦在树篱间鸣叫起来。两只小狗也感受到了暮色。随着迫近的黑暗，它们变得不安起来。

薇薇安家的厅里灯光明亮，进门的时候我闻到了门口周围夜来香的芬芳。

"我就觉得晚上能见到你。"她匆匆走来迎我，在领我进去的时候朝我身后望了望。小狗们跟在我的脚跟边，对于新的花香还有点不熟悉。

房子里面比外面冷。楼上某扇窗户的窗框发出"哐当哐当"的响声，木头相碰的声音如同钟琴的鸣响，沿着楼梯跃下。网眼窗帘窸窣作响。薇薇安慌张地走来走去，把所有东西都关上，把门闩上，把散乱的东西收拾到一起，把外层的天鹅绒窗帘束拢,有百叶窗的地方就把百叶窗的插销插好。她从我手里接过杰斯和贝姬,把它们赶进厨房,解下狗绳放进一个抽屉,从橱柜中拿出碗来,给它们倒上水和炉盘上自己吃剩的砂锅炖牛肉。她出来后把狗关在了厨房里。两只小狗没有硬要跟出来,而是舔起碗中的水来,尾巴晃来晃去好不开心。

她朝我走来,抓住我的胳膊肘,把我摁到了一张椅子上。这么严肃,我不禁在心中想道,可等她一开口,却还是平日里那温柔甜美的调子。

"我就知道今天晚上能见到你。"她捡起刚才的话头,"你会跟着去明天的拳赛的,对不?你父亲想好了要去打吗?"

"我想是的。为什么会这么问?"

"因为我觉得这很冒险。"她直直地说道,"我见过了他要面对的那个人,我觉得你父亲可能会输。"

我不知道该说什么。最近这几个星期里,我对事情已经变得越来越不能确定了。

"为什么他会输?"

"因为他要打的对手比他年轻得多。"

"这么说,他也就缺乏经验。一个没有经受过考验的人。"

"哦,他当然经受过考验,不过不是在这儿附近,所以你爸爸不认识他。他是从东欧找来的。乌克兰。我想你应该请求他退出。"她说,"我替他担心。他不会觉得退出丢人的,我知道。对一个像他那样的人,过着那样的人生,他才不会把丢不丢人当回事呢。"

"可他必须打。他必须为了别人打。为了我们的家。"

她变得比我们头一次遇见她的时候更加脸色苍白了。几处黑色的睫毛膏落到了她的眼睑上。

"那你不会去跟他说咯?"

我摇了摇头,没多久就起身离开了。她没有试图让我改变想法。她知道我们都是一路人,爸爸、凯茜和我。她在我出门的时候拥抱了我,抱了挺久。我有点儿觉得她要在我脸颊上亲一口,可她没有。她用手摸了摸我的脑袋,用胳膊肘轻轻把我推出了门。

我跟两只小狗小跑着回了家,上山的时候天色已近乎全黑了。我看见身边有雨燕飞梭般掠过,捕食着刚从蛹中爬出的小苍蝇。在过去的几个月里,杰斯和贝姬已经长成瘦高身形,把所有的力量蓄积在了紧绷的后腿中。我沿路而行,它们在我身边相互追逐,蹦蹦跳跳地绕着大圆圈。

回到家后,我发现爸爸已经早早上了床。凯茜还没睡,一个人在厨房里抽烟。她很兴奋,睡不着,显得很有精神。

爸爸有可能会输的想法没有进入过她的头脑。她跟我每次见到时一样的有活力。

那天晚上，我好久都睡不着。借着黯淡的月光我望着房间的墙，望着父亲那粗糙的泥水活儿留下的皱褶与裂缝，他的大拇指印，他的其他指印，他的泥刀划出的弧度，跟他右臂的动作相匹配的灰泥涂抹痕迹。

待我好不容易睡着后，我梦见自己走在漫漫的回家路上，在我头顶的栖木上，八哥们在鸣叫着。

第十七章

我醒来的时候，晨曦正从萌芽般的淡紫色光晕和混沌的血红中喷薄而出。我咧开嘴打了一个大大的哈欠，温暖的肺中吸入了一丝凉风，那是从开着的窗户中漏进来的。我睡眼惺忪，房间看在眼里只是定格画面的快速闪动。稠稠的汗把用旧了的棉布床单黏在了我赤裸的皮肤上。一晚上我都浑身发热，这热来自时断时续的梦，来自手脚不停地动，现在相对凉了下来，身体便微微发抖了。

我下了床，轻手轻脚地走进了卫生间。我们没有淋浴设备，只有一个挺紧的龙头可以放出热水来。水流得断断续续。热水来自一台烧木头的锅炉，谁每天早上第一个醒来就会去把锅炉烧上。锅炉加热的水够三个人节省着用，在我们把水泼洒向腋窝、腹股沟、脖子、脸和耳朵、脚、腿、胳膊和躯干时，水会溅进等在龙头下面的水桶或是溅到石头的地面上。

我把冒着热气的水泼洒到黏黏的皮肤上，用一块肥皂轻轻拂拭。我的手起了红红白白的皱褶，但我没有把它们从龙头底下拿开。我用一方小毛巾清洗身体，再将其擦干，然后换上了干净的、皱巴巴的衣服。

我从洗手间出来，进入客厅，闻到了在牛奶里煮着的腌鱼那股酸酸的味道。我们就着腌鱼吃抹了黄油的白面包和新鲜的橙汁，那是送牛奶的人带给我们的礼物。

七点钟时，我们听到了尤尔特那辆大车厢的沃尔沃开上门外粗石子路的声音。轮子转得慢了下来，停住，然后我们才听到刹车声。两扇门推开又很快关上。一记敲门声随即响起。凯茜开了门。

"您的车来了。"尤尔特看上去黑了一点，老了一点，神情也更严肃了一点。每个人身上神经的反应不同。我们的忧虑集中在同一个焦点上，但每个人忧虑的角度不同，流露出各自独特的痕迹。

玛莎等候在车边，见我们带着包和狗出了门就打开了后备厢。爸爸钻进了副驾驶座，玛莎跟在他后面进了车后排。尤尔特开车，凯茜坐了后排最右边的座位，我坐在了姐姐和罗伊斯太太中间。

车一路开下山的时候，我们不时因颠簸撞到一起。等开到下面的大路上以后，也未见得平滑多少。这儿附近的路因为寒冷的冬季和酸雨而变得坑坑洼洼。在最糟糕的路段，坑洼被裂缝联结到了一起，裂缝中都是沉淀物和有机物，那里面的种子还不待把柏油路面彻底撬裂便被过往的车辆给压实了。这使得我们一路都开得很不舒服。

我们没怎么说话。玛莎给尤尔特指了四五次方向，尤尔特问了一次时间。其余时间里我们都很安静。凯茜凝望着窗外，鼻尖轻轻地顶着污迹斑斑的窗玻璃。爸爸呼吸得很深。他一路上都没有转过头。他的脖颈后面覆了一层汗珠，晶莹闪亮，仿佛已经冻成了细小的冰晶。

我不时打量着我的旅伴们，对他们比对外面的世界还要更感兴趣。车子开了有十分钟后，玛莎伸过手来握住了我的左手。她的手心热乎乎的。我感受到她拇指处的脉搏和无名指上温暖的金戒指。她那坚实的指甲上涂了颜色。

离家四十五分钟后，我们抵达了赛马场。沿着周边的围栏，我们开上了后面的小树林。我们在林木间行使，白蜡树、橡树，跟我们自家的小树林很像。掉落在地上的松脆的树枝在我们的轮子底下发出脆响。车道太窄了，凤尾草、羊齿蕨和野蒜占据了车道两侧，挤到了车身上来。

我们来到一个岔路口。一条路已经被之前来到的小汽车、厢式车和四驱车搅得泥泞不堪，另一条则很奇怪地非常平整，几乎没有车往这儿开过。这条路就好像被洪水淹了，水渗入了地面然后又蒸发到了空气里，只在那条车道上留下了平平一层黏稠的淤泥，像涂了一层厚厚的太妃糖。

在车子转入正确的那条路后，我伸长了脖子回望着那条没有人行过的路。那条路上寸草不生，与其说是一条步道，倒不如说是一条患了病虫害或是盐碱化了的土壤带。它通向一片空地，在那里野草可以寻找到阳光，穿透被压紧的土壤和密网般的苔藓。

空地渐渐看不见了，被一棵身形特别矮胖的橡树那低垂的枝条给挡住了。我转身在自己的座位上坐定，又看到了爸爸脖颈上的冷汗。

我们转过一个拐角，进入了另一片林中空地。这片空地因为下雨和有人踢球而满是泥泞。各种车辆围着空地边缘停了个半圆形，大多数车子都在毛毛雨中打开着后车盖。好些个男人，一些小孩子和很少几个女人围在打开的后车盖前朝里看着。集市是大家买卖东西的好机会。对许多人来说，这兴许是他们前来的主要目的。那里有纯种的小狗和各种稀有品种的观赏鸡。在一个角落里，有一辆大大的路虎车，车两边站着的男人们全都剃着光头，穿着紧袖的短夹克，周围的人们基本上都不往那儿凑。也许是卖枪的。或者是炸弹或者色情书刊。

"凯茜、丹尼，你们俩先出去。"爸爸说，"找个僻静的地方站着去。"

我跟在凯茜后面下了车，把靴子踩进了泥泞中。我们在外围深一脚浅一脚地走着。人们站成圈转来转去，像巨大的树把集会包裹在当中。他们聊天、抽烟，展示着他们的动物、工具和武器。有个人在油桶里生起了火，架起平底锅，煎起了香肠和洋葱。凯茜和我顺着香味凑了上去，不过在我们承认没钱后被赶开了。

"你们以为这是什么？食物银行[①]吗？滚开！"

我们只好改从一辆装着一桶桶活鱼的运货车背后慢慢溜达过去。桶里装的有金鱼、鲶鱼、鲤鱼和鲈鱼。全都在水里游着。桶上贴了标签，写了这些鱼大约的寿命和价格。钓鱼在这里是一桩大生意。

格斗、钓鱼和动物，这些人就喜欢在这几样东西上花钱。

我瞅了个空子上到货车里，去凑近看摆在那儿卖的东西。啊，看到了，就在桶的底部。那儿有跟我胳膊一样长的鱼，螺旋着游上游下，彼此围绕，真是最大限度利用了有

---

① 慈善机构的名称，该机构接受人们的捐助，再把食品分发给有需要的人。

限的空间。一个气泵把氧气泵入水桶的底部，变成气泡冒上来，在鱼儿们穿过水流之际，搔弄着它们的鱼鳃和松松的鱼鳞。

"嘿，出去！"一个尖厉的声音在我背后响起。说话的是一个瘦瘦的、长着姜黄色头发的小男孩，个子要比凯茜矮一个头。只见他脸上有不少浅棕色的雀斑和青春痘痕，穿一件靛蓝色的运动套装和一双白色的运动鞋，门牙间还嵌着点残留的烤面包。"不能进来，除非你们正经要买。看你们俩也不会买。"

"谁到这儿来买活鱼啊？"凯茜说，"谁会来看拳赛还买上两条鲤鱼的？"

"谁求你买了，你个傻×！"

要换了别的日子，凯茜或许早就一拳打上去了。这会儿她只是朝他啐了一口，脸涨得通红。

她的脸涨红起来很快，跟我一样。我们都挺恨这一点的。我多么想在生气或是激动的时候也能保持一张苍白的冷脸啊。

她朝后退了几步，转身快步离去了。

我匆匆跟了上去，也没管在我转身的时候，一口厚厚的浓痰和唾沫砸落脚后边的声音。

凯茜走得很快，直直地穿过空地来到另一头，也就是正事儿在发生的地方。普莱斯先生正在那里跟爸爸说着话,谈着条款、结果、规则什么的。其他神情严肃的人站在他们周围,手要么放在上过蜡的短风衣口袋里,或是拽着样貌狰狞的狗的狗绳。"一会儿开打的时候把狗弄到车里去。"我听到有人说。我不禁想到了杰斯和贝姬和两三条这样的狗为了各自的主人而厮打的场面。我想到了大狗用力一咬或是爪子用力一抓所具有的力量,那可比我家小狗朝着你的手蹦跳、嬉闹着咬一下要可怕得多。我想到了模糊的血肉混杂着狗的唾液,想到了它那没刷过的牙上的牙垢,就像血里面带着肮脏的、生锈的金属,在一个叫天天不应、叫地地不灵的农场里。

爸爸正在解开外衣的扣子,开始准备。这时我第一次见到了他的对手,喉咙里涌起一股酸味。

他的身高总得有六英尺十英寸①,说不定还更高些。而且他是个大块头。此刻他坐在普莱斯先生那辆拖车的后部,两只脚稳稳地扎在泥地里。他的分量压在拖车上,令车架遭遇到了极限的考验,车底盘几乎都要碰到地面上的泥了。

他就在那儿,懒洋洋的像一只正在跳舞的熊靠在墙上,正在摩挲着指节。他的指节粗大、丑陋、早已硬化,跟爸爸的一样。

---

① 约合 2.08 米。

我在追赶凯茜的时候眼睛一直望着他,被他看见了。他原本在嚼着口香糖,此时朝我露出了一口金牙。我赶紧把目光看向前方。凯茜正朝着树丛走去。

我在她身后喊着,就跟当年还在上学的时候一样。"等等我。等等我!"

我紧赶慢赶了几步,来到快跟她并肩的地方。"等等我!"我喊道,"你要去哪儿?拳赛就快要开始了。"

凯茜转头朝我身后看去,那帮神情严肃的家伙喘着粗气,踱来踱去,圈子收得越来越小。围上来的人越来越多,渐渐形成一个松松的圆环,空档处有人填补进来,像鸽子们飞落到鸽棚附近。他们的肩膀僵僵的。那抽象的嘈杂之声原本是有序可控的,现在却变得嘶哑起来,带着一种令人晕眩的恐怖。

"我不想看。我受够了。我受够了这整场血腥的表演。"

说着她大步迈入了树林。我看见她在人缝中绕来绕去,直到他们的后备厢和树枝的遮掩物越来越密,将她的身体一块块切割,最终完全遮蔽,令她从视野中消失。

我感到身后的人们在搅动着。我不想回去,却清楚地知道我应该回去。我感到了一种要去亲眼看的召唤。

我把背影留给了树林,汇入到了其他人当中。我们之中许多人都颤抖了起来。

大熊踱着步，不时跳跃几下保持体温，还伸展伸展肌肉，松松骨头。爸爸静静地站在那里。静得就像一匹狼。在寒冷的空气和清爽的灰色天光中，他的双眼比平时显得更蓝、更有光泽。那双眼睛紧紧地盯着他的猎物。

裁判来到了两位拳手中间，非常专注地依次跟他们说了几句，然后便退后站到了一边。

大熊开始前前后后地使出了跳跃步。他的双拳架了起来。爸爸依然没有动，几乎是一副疲惫、泄气的样子。自我们到达以来，他第一次朝我瞥了一眼，随后也举起了拳头。他用双拳划着圈，像动作被定格在照片里的维多利亚时代拳击手。我记得这就是他学到的格斗之道。他跟我们说起过一次。他是在一个很老很老的老头手下学的格斗，那个老头已经几乎连站都站不动了，但他坐在火炉旁的安乐椅里指导爸爸的动作。

大熊在地上拖动着步子。爸爸则把上身时而前倾，时而后仰。他大腿上的肌肉绷得紧紧的，保持着平衡。

大熊出了一拳，爸爸躲过了。他的脚步变得轻盈起来，突然切换到了动态模式。

两人互相绕着圈子。大熊又出了一拳。只见他先是右拳一个快拳，左拳随即跟上。爸爸躲过了第一拳，然后用右拳挡住第二拳，随即用左拳朝着对手的下巴打去。大熊朝后一撤步，爸爸的出拳没有打到。人群中发出了几声叫喊，然后又猛地归为沉默。大熊又是一拳没打到，接着又是一拳。爸爸则出拳谨慎，保存着体力。

两个人跳来跳去。大熊又出了两三拳，然后有一拳打到了。没有击中爸爸的头部，而是打在了胸口上。人群中有人惊呼，有人喝彩，规模相当。这拳肯定让他呼吸困难了。我也感到了呼吸困难。只见他摇摇晃晃地朝后退去，失去了平衡。大熊又朝他来了一记右勾拳。爸爸做出了躲避，但头颅左侧还是被扫到了。然后又是一击。

爸爸朝后连退了几步。他重新喘到了气，挺直了身子。大熊露出了牙齿——一道金光一闪——爸爸就朝着它们发起了攻击。一记尖利的刺拳。见血了。他又朝那些牙齿打出一记刺拳，想要通过攻击相同的地方来激怒对方。他看到了对方的一处弱点。大熊亮出一口金牙，这意味着他不得不换掉了自己原本的那套牙，而这意味着他的牙龈受到了永久性的削弱，而这又意味着他有可能失去更多。爸爸又朝他的牙齿打去，但被挡住了，随后两人分开，各自喘着粗气。

坐在某辆汽车后排的一条狗叫了起来，其他的狗随即加入了大合唱。

大熊一记看不清来自哪里的重击打到了爸爸的左颧骨。随着一声仿佛圆木被劈开的轻响，爸爸的眼睛周围冒出了血，顺着他的脸颊流了下来，滴落到他的肩头和胸口，滴到了他的白色棉布运动背心上。爸爸开始从鼻孔里流下了结块的血，看着像龙在喷火。

他没法用那只眼睛看东西，因为那只眼已经肿得睁不开了。

但他还在坚持。

鞋子拍打着泥浆。男人们跺着脚、搓着手。爸爸和大熊，两双拳头对峙着。狗在叫。男人们吐着唾沫。一阵黏稠的风。古老的橡树弯下腰来遮蔽着现场。柴油的味道。柴油、泥土、汗水、血、火上烧着的肉、烤洋葱上滴落的糖汁。一圈人站着，在他们脚下是一圈蘑菇，蘑菇们在地下相连、隐藏，再下面则是一圈石灰岩。

大熊逼得爸爸拖着脚步节节后退。我竭力想不看，可又实在忍不住。爸爸的胳膊耷拉着，两条腿直打滑。他很累了。他累得弯下了腰。

爸爸大口地喘着气，好像气到了喉咙口就下不去似的。大熊冲上来又是一拳。爸爸看上去像是已经没剩多少力气，根本躲不开这一击了；但他躲开了，躲开了大部分。他用左肩扛下了这一击，骨头击打在了肌肉上。

但这一挡让大熊失去了平衡，爸爸就势挥出了一记右勾拳。这一击他用上了全身的力量，腰胯旋转，腰腿纵起，脚尖几乎离开了地面。突然之间,他重新恢复了力气。佯败——也许是吧——之前的疲态是佯败。他那只好的眼睛里精光闪现。他的拳头狠狠地砸在了大熊的下颚上,倾尽了他剩余的全部力气。

又响起了一记劈木柴的声音,不过这次不是斧子干脆利落地砍下的声音,而是一棵树在雷电和暴风中被生生折下了一半的声音。木头碎成了一百片。一道红色与金色的洪流。鲜血从大熊那拔去了塞子的牙龈上飙射而出,而他那些金色的门牙、金色的犬齿、金色的臼齿在空中缓慢地划出一道弧线后,落到了浸湿的土地上。

大熊摇晃着。我也摇晃着。我觉得自己就快要晕过去了。要么晕过去,要么要尿裤子了。哦不,求你啦上帝,不要啊。没有什么比这更糟糕的了。我变换一下双脚的位置,让自己站稳,把眼睛看向远方,望向天空,希望冷冷的微风能吹到我眼睛里,让我变得清醒一些。也许能带来泪水。泪水更好,冷风是会让人流泪的。哦上帝,请不要让我晕倒。求你啦。我的五脏六腑开始翻江倒海起来。哦,求你啦,上帝,不要啊。

那个巨人慢慢倒下,跟着自己的牙齿倒在了泥泞中。他翻了白眼。他被打晕了过去。在他倒下的时候,我感到越来越晕了,就好像我被吸进了他的身体里,正在感受着同样的运动，就好像我也正在倒下。

大熊倒在了地上。他的脑袋又啪的一声撞击地面。我身边的人向前涌去，地面也在向前涌去。我就快要倒下了。

接着，我就来到了爸爸的怀中。我没有看到他朝我走来。他击倒了大熊，赢得了拳赛，而且几乎就在同时便朝我走来。他一把将我从地上抱了起来，仿佛我是他的奖杯。他把我举在寒冷的空气中。我感到有眼泪滚过脸颊，但不再感到眩晕了。我深深地吸了口气。再也不感到恶心了。

我们的人都在身边。彼得、尤尔特，然后玛莎也过来了，拎着一个绿色的拉链袋。她把拉链拉开，拿出了绷带、碘酒和冻豌豆。

我被爸爸抱在怀里，从这个有利位置俯瞰，我看见他的对手正躺在地上；一帮人围着他，也帮不上什么忙。有个人拿来了一桶水和几块布。

然后我看见了普莱斯。他正在仰视着我。他看着我的目光很平静，跟他之前观看整场比赛时一样。只是看着。

可凯茜去哪儿了呢？凯茜在哪儿呢？

爸爸把我放了下来，我用力向着树林的边缘远眺。她终于还是回来了吗？她躲在树木之间观看拳赛吗？她听到了吗？

玛莎嘴里唠叨个不停。她正在把爸爸朝汽车拽去。她已经把沃尔沃旅行车的后备厢完全打开了,摊开了几条毛巾。杰斯和贝姬跑来迎接我们,朝着爸爸乱吠不已。他的双脚不再是拖着走路了,而是脚步轻盈。他在后备厢的尾部坐下,尤尔特抱起他的脚,把它们搁在一个板条箱上。他动手解开爸爸的鞋带,把他的鞋脱下来。他的袜子又湿又脏,于是尤尔特把他的袜子也脱下来,用毛巾裹住他裸露在外的肌肤。

玛莎把冻豌豆也包在一条薄毛巾里,然后放到爸爸的眼睛上,让他自己拿住。她把碘酒搽到一块块小小的、松软的化妆棉上,清理了其他伤口。爸爸在这一过程中不时会龇牙咧嘴。带着关怀而造成的具体的小痛苦往往会让人更觉得痛些。

"水。"爸爸说。我从保温桶里抽出了一瓶水。他喝了一点,然后放下了。他用好的那只眼睛看着尤尔特,尤尔特把手伸进衣服里,掏出一只扁平的小酒瓶来。爸爸接过来猛灌了一大口,含在嘴里漱了漱口,然后吐到了地上。接着他又喝了一口,咽了下去。

玛莎从他眼睛上拿走了冰袋,检查了一下破口。"要缝针。我先帮你清洗一下,你再把豆子放上去。"

这次她没有用碘酒,而是用的更柔和的盐水溶液。

我帮爸爸脱下了衬衫,换上了一件干净的。然后又给他披上一件绒衣,裹上了一条毯子。他非常安静地坐在那里,小口小口地喝着扁平小酒瓶中的酒,多数时间都在望着远处的树林,脸上露出心满意足的笑容。

我想起了薇薇安当时说过的话,说格斗会带给爸爸怎样的感觉,说他需要这种感觉,身心都需要。他现在看上去一副很满意的样子。要是能让她看到就好了。她对比赛结果的预测是错的。她怀疑过爸爸无法获胜。

凯茜一直没出现,但我并不是太担心。我知道她肯定出不了事,她不是个软柿子,又是自己走进树林里去的。她和我都对树林非常熟悉。那儿也是白蜡树和橡树,跟我们家旁边的树林一样。

"有人跟普莱斯说过话了吗?"爸爸问。

"还没呢。我们想先把你这儿收拾好。这更要紧。"玛莎回答。

"他是个说话算话的人吗?"爸爸问。

尤尔特想了想。"在人前,他是个说话算话的人。得让他在别人面前把所有事情都定下来,这样——也只有这样——他才会照做。他心情肯定不错。今儿他可赢了一大笔钱。他盖过那些俄国佬了。今天你可不是最被看好的人。这还是第一次呢,对不?呐,普莱斯该感谢你才是。"

爸爸摇了摇头。"我可不敢这么肯定。"他把目光望向我,"你怎么看,丹尼尔?"

我没什么想法,不过我盼着会有好结果。"我想你会赢得奖品的。我想等我们回家的时候,它会变成我们真正的家。"

爸爸点了点头,与其说是赞同,倒不如说是想加点力让我的话成真。

我替他弄来一双靴子,他穿好后站了起来,走到一组车辆跟前,其中一辆正要开始移动的车上装着大熊。有一个人正在从泥地中捡起金牙,装进一个能封口的塑料袋里。普莱斯坐在他路虎车的驾驶座上,隔着窗子跟两三个人说话。我读不出他表情的意思来。

他看见爸爸走过来了,做了个手势要那几个人站到旁边去,但别走开。

"好啊,尘埃落定。"普莱斯说。他指的是结果。最终结局。

爸爸点了点头。"尘埃落定。"

他等了一会儿,看普莱斯还有什么要说的。他许下的东西得有个说法。可普莱斯就让爸爸那么等着。他要爸爸自己开口问。作为最后一次羞辱和征服的尝试,他要爸爸开口问他。

"那个怎么说?地的事?我们可以完全拥有了吗?正式的?"

"可以。"普莱斯说,"签好的文件在加文那儿。"他朝刚刚与之说话的人当中的一个点了点头。一个长相平平的恶棍从拎着的手提箱中抽出一个黑色的活页夹来。他松开活页夹的夹扣,把一个塑料夹子递给爸爸。

从爸爸犹豫了一下才接过夹子的样子,我知道他并不真的明白这笔交易。他不知道这份文件意味着什么,却又不想开口叫普莱斯来解释。他一点都不了解,在真实的世界中事情是怎样运作的,对于文件和法律他毫无经验。

普莱斯先生露出了得意的笑容。"那些是契约,我已经签过了,把你建了房的那块地正式给予你了。"

"包括屋后的树林吗?"玛莎突然从后面插进来问道,"包不包括道路的使用权,我是指屋前的那条小路?"

普莱斯想了想。他要按照自己的节奏来慢慢地回答我们的问题。"是的。你要愿意可以自己看,不过我希望你能相信我是个说话算话的人。都在那儿写着了。"

玛莎从爸爸手中拿过塑料夹子,抽出那几张角上被订书机订在一起的文件,开始看了起来。

普莱斯先生有点不耐烦地轻轻拍打着方向盘。

"我们必须得知道我们要到手的是什么,普莱斯。"玛莎头也不抬地对他说,"我必须得从头到尾读一遍,不管你喜不喜欢,而且我没看完你不能走。"

"不能？"

她继续看文件，遇到有什么需要确认的就翻到前页或后页。

普莱斯等着，过了大约一分钟后他像是在自言自语，或者也许是讲给他的手下，或者也有可能其实是在讲给我们听，"这可真奇怪啊，是不？一场非法的拳赛被用来解决一场合法的争议。等到一天结束的时候，还要在一个有可能把我们都送进监狱的场面之后签署文件。"

玛莎没理他，继续自顾自地看着，但爸爸却抬眼用感到奇怪和带点怀疑的目光望着普莱斯。尤尔特两只脚不自在地在地上蹭来蹭去。

玛莎看完了。"我想你可以签了。我会作见证。"她说。于是他们俩就在普莱斯先生的路虎车的引擎盖上签了文件。

随后，路虎车的车轮在湿路上慢慢滚动起来，发出那种顺滑的低沉轰鸣，普莱斯随着轰鸣驾车扬长而去。太阳露出了脸，空地中的湿气形成一股薄雾，似乎以均匀的脉动从树冠上蒸腾而起。几缕阳光穿透云层射进来，形状很像会唱歌的黑鹂的喙。

空地之上金钱在易手。看起来，好像在场的所有人都下了注。纸币被拾掇着，点着数，然后匆匆折起，放进上衣口袋。赌注登记经纪人的助手在笔记本上做着记号。洋葱的味道又飘了起来,木勺抵着平底锅在炉子上动来动去,散发着热量和阵阵"哧啦哧啦"的声音。男人们"扑哧扑哧"地开着罐装啤酒,也"砰砰"地起出酒瓶的瓶塞。

拳赛过后,人们看样子准备要痛痛快快地玩儿上一玩儿了。吃吃喝喝,买进卖出。毕竟,这是一个集市啊。秘密的集市,不用交税,也不要交摊位费和管理费。

男人们跑过来和爸爸握手。一个穿着花呢夹克、头戴布帽的男人把一张五十镑的钞票悄悄塞进爸爸手里。"跟你说吧,我今儿从你身上赚到的比这个多得多。"他说。他递给爸爸一瓶啤酒,跟他干了杯。

有人拿出一瓶威士忌,另一个人拿出一个没有贴标签的瓶子,里面装的是自家酿酒厂酿的伏特加。"全都是堂堂正正的,别怕。"他一边把伏特加倒进塑料杯里一边说道。"我的货车里还有更多呢。"他把声音放得更响,好让其他人也能听见,"我卖五镑一瓶,就在那边的蓝色阿斯特拉车里。"

除了那张五十镑的钞票,爸爸还收到了其他的礼物。那是对他的致敬。有一箱烟,几箱酒,还有一头宰了的小羊,剥了皮,包得好好的,供爸爸回去自己分割。一箱蔬菜。一箱腌鱼。都来自那些今天从爸爸身上赚了钱的人。我收下这些礼物,把它们堆到了尤尔特和玛莎的后备厢里。那些男人们也会拍拍我的后背,揉揉我的头发,就好像我是个吉祥物似的。他们要我在他们喝之前喝上一小口他们手里的饮料，仿佛通过我敬了我爸爸。许多条手臂环抱过我，许多个粗粝的、男性的吻落到了我的额头上。

凯茜去哪儿了呢？

那个穿花呢夹克、戴棉布扁帽、给爸爸悄悄塞了五十镑的男人朝我走了过来。"你真是个有意思的孩子，对吧？"他跟别人一样把手伸过来揉了揉我的头发，又摸了摸我的右边脸蛋，还轻轻地掐了一把。

"我有意思？"

"对，你有意思。你是个很有意思的小家伙。好看的小家伙。"那人上下打量了我一眼。"没想过要子承父业吧？"他自己笑了起来，"你长大了想成为一个拳手吗？"

"不想，我从来没碰过拳击。爸爸从来都没教过我。"

"从来没教过你？打拳击的爸爸居然不传给自己的儿子，真有意思。知道吗，这可是老传统啦。"

他咬着嘴唇，把身体的重心从一只脚换到另一只脚上，然后又咯咯笑了起来。

我耸了耸肩。"爸爸不想我打拳。"

"是这样吗？"那人说，"还是因为你个头不够大？你这两条胳膊可是够细啊，对吧？吃不准你将来会是哪个重量级的，不过你身上可没肌肉啊，对吧？个子倒是够高，但就是瘦了点。对拳手来说是最糟糕的搭配。你的分量是用骨架子撑起来的,不是用的肌肉。没有比这更不适合当拳击手的身材了。"

"对我来说很不错。"

"哦,是吗?对你来说很不错?我不会喜欢不能还击的儿子,绝对的,不管他们有多好看。没错,不可能谁都像你爸爸那样,但我想他自己的儿子总也不能跟他差太多吧。"他停了一会儿,"不过,你怎么着也是个好看的孩子。"

我从来没觉得过自己好看。

我想象着薇薇安在轻抚我的头发和我的脸,像这个男人做过的那样。

凯茜上哪儿去了?

我走开的时候那个男人又咯咯地笑出了声。爸爸依旧被他的仰慕者们围着,脱不开身。

我走进了树林里。那些树的树干和遍地的落叶把我与集市的喧嚣给隔绝了,现在我耳朵里只能听见自己的脚步声、虫声和鸟鸣声。

我跟着她走过的大致路径,沿直线走着。

我走了也许有一百米。在林地里步子要慢些。

"丹尼尔。"她在我身后了,背倚着一棵树干。我居然从她旁边走过而没有注意到她。她的双臂在身前环抱着。

"干吗呢？"

"什么都没干。"她没有朝我看。

"爸爸赢了。"

"我知道。"

"你看了吗？"

"没。"

"你刚才在这儿？"

"对。"

"从这儿能听得到吗？"

"听不到。"

"那你怎么知道的？"

"因为我知道他会赢。你不知道吗？"

"啊，对，当然啦。我是说，我当然知道他会赢。不过我还是有点紧张。"

"我不紧张。"

"世上没有稳赢的事。"

"有。他就能稳赢。"

她转过身走开了，穿过树林，走回人们观看拳赛的那片空地。有些人已经在动身离开了。收拾东西，回家。我跟着她。快步走在她身后。现在我的腿已经跟她一样长了，不过还是得费力才能跟上她的脚步。我随便去哪里或是做什么事情，从来都没有像凯茜这样急过。大姐姐，小弟弟。我想要她永远都给我领路，告诉我什么是什么，把我带回家。

第十八章

我突然醒了。时间是半夜。狗在叫。

我们的狗。

我能听到它们的爪子在粗石板上挠着,脚因为想要跑而快速地滑动着。它们不止一次地用脑袋拍打我的房门,仿佛要从即将沉没的船上寻找一个出口。我还能听到它们拼命撞墙。还撞凯茜的房门。

爸爸起来了。我可以听到他正和另一个提高了声音的男人隔着我家的门槛在相互应答。

"挺有趣的吧,你不觉得吗?"那个声音说,"真是个有趣的巧合吧?"

"我不知道。"爸爸说。从声音听来他的情绪并不平静。

"可你看上去没有感到吃惊啊。你打开门的时候好像已经在等着我来了。"

"不是这么回事。不是在等你。这些天不速之客已经并不令人感到意外,所以在他们出现的时候,我的确不能说我被惊到了,哪怕来得这么早。"

"你似乎已经在等着这个消息了。"

"没有。"

狗依然在扒拉着爪子,在吠叫,不时还撞着墙。我竖起耳朵,隔着这些动静听着爸爸和陌生人的对话。我需要离门更近一点。我从被子底下爬了出来。离开床之后,就觉得空气薄而新鲜。那晚我是光着身子睡的,寒意让我起了鸡皮疙瘩。

"是被掐死的。脖子上都是严重的擦伤,弄得我们都不知道是不是该清理掉那上面的泥。我那小伙计一个劲儿地用肥皂和水替他擦呀擦,想把所有的痕迹都清除掉。我只能叫他别再擦了,再擦就连皮都要擦掉了。我想要知道的是,谁能做出这样的事来?谁能有那样的力气?谁会想要这么干呢?没动机啊,你懂的。"

"我想我能感觉到你的意思来,不过我要你直截了当地跟我说。问我吧。"

"这事儿有点怪啊。这是一种奇怪的杀人法,哪怕对孩子也是如此。这儿附近有拿枪射的,有拿刀捅的,有把人给活活打死的,也有让人慢慢流血流光死的。可就是没有掐死的。首先,像我说过的,这得要有力气。这人个子小不了。得又高又壮,是个小伙子才行。在学校里玩那些个时髦男孩的运动,踢足球什么的。还有壁球,诸如此类的。不经过一番打斗是不可能的。除非杀人那家伙非同一般的壮实。其次,这事儿里面又有让人觉得温柔和狡猾的地方。为什么不隔着一段距离连续击打那个人呢?在他倒下以后为什么不踢他呢?为什么不一刀捅进去,或者更干净一点,给他一颗子弹,连碰都不用碰到他。为什么要走近了,用双手箍住他的脖子呢?真奇怪。"

两只狗依旧在叫唤着,虽说比刚才略为轻了一点,但依然乐此不疲。叫得此起彼伏,你来我往,像是在对话一般,像是在模仿着门边的那场对话。

"是你亲手杀死的吗,约翰?"

"你觉得就是这样吧。"

"我在问你呢。回答我。"

"这双手不会去掐孩子的喉咙。"

两个男人陷入沉默,狗也跟着消停了下来。我听到爸爸走过去把它们赶出了前门,然后它们的脚掌轻轻走在石板上,然后是砾石和泥土,然后渐渐听不见了。这说明它们听从他的命令,跑到山下去了。

"你相信我吗?"

"我相信。但我信不信不顶用。他们的情绪已经起来了,约翰。普莱斯和他的手下。他们认准了是你,不想听不同的说法。"

"他们有什么证据吗?"

"没有。他们也不会得到任何证据。你知道的,他们不会把警察卷进来。不会有什么调查的。他们认准了就是了。"

"知道。我知道这游戏。我知道在这一片儿是怎么玩儿的。"

"你的确知道。而且你还知道他们有一个很令人信服的故事。谁编出故事来谁就是王。"

"拳赛都打赢了。我替凯茜和丹尼赢下了土地。我手里有文件了。普莱斯、我和律师一起签的。这是有证人的。这都是板上钉钉的。我为什么现在要去杀普莱斯的儿子?我为什么要把这一切都给毁了呢?"

"因为——"

"因为什么?因为我控制不了我自己?因为我跟一头动物没什么区别?"

"因为你的女儿,约翰。因为有人看到他们在一起。因为那孩子好几个月以来都在她身边转来转去。"

爸爸不作声了。我能感觉到他畏缩了。出于吃惊，他重心移动，朝后缓缓地退了一步。

"什么？"

"你一点儿都看不出来吗？好一个细心的爸爸啊，约翰，这么多蛛丝马迹你居然没看出来？"

"看出来什么？"

"他和她呀。主要是他，一有空就跑来跟她说话。不过不是很友好的那种态度。不是想要了解她的那种态度。是想要把她从人群中赶跑的那种态度。有时候他哥哥也来。他和他哥哥一起。他们追着她跑。只不过她不会对他们上心的，对吧？"

"她当然不会。"

"对，对，她不会的。"

"她还小着呢。"

"对。而且他是个小人。那两个孩子都是。也许我得说曾经是。有一个已经死了。"

"所以他们觉得我就为了这事儿把他给杀了？"

"可你没杀？"

"可我没杀。"

"可你会杀的？我是说，为了那件事。如果那两个孩子伤害了她的话。"

"那是当然。"

"好了,这不结了。"

"可我没杀。"

没有了狗叫,因此他们不再说话的时候就出现了沉默。我紧紧地贴着门框,把耳朵凑到门框与门的缝隙跟前,这样他们要是再讲话我就能听得更真切。

"他们是在凌晨发现那孩子的。天很黑,可他们带上了他的狗。两三只能闻味道的猎犬,我不知道是什么品种的。不管天黑不黑,还是没多久就找到了他。他被捆住扔在了树叶间,外套像裹尸布一样盖在他身上。有人用它盖住了他的脸,我知道这是为什么:衣服揭开的时候,他的眼睛是睁着的,你知道的,有时候死的东西会那样的。动物啦、鸟啦、人啦,都一样。因为吃惊而瞪得大大的,比活着的时候能瞪的大得多,就好像那孩子想要抓住在这世界上能抓住的一切,就好像他要给那美丽的小树林,那从树木间落下的光,那些白蜡树和橡树底下的小花朵拍下一张静止的图像,将其捕捉,将其带走。就是那么一张静止的、瞪大了眼睛的图像。他用生命中最后的几秒钟,让自己的眼中充满了色彩。但从他自己身上放出的色彩则消逝了。而无论他的眼中还留有多少色彩,他的皮肤却已是血色全无了。我们一看就知道他已经死了。瞪得老大的眼睛。脏兮兮、满是瘀伤、起了褶子的脖子。嘴巴里有褐色的碎叶和苔藓，卡在他那细细的白牙中间。已经是死人了，不会错的。戈尔曼还在那片林间空地上。他一直待到拳赛、集市、欢饮都结束了，所有人都离开了。他在那儿过的夜，就睡在他的货车前部，背后是那些鱼在桶和脸盆里吐着泡泡转圈儿游。我们抬着那孩子。他的身子好瘦长啊，但我们有足够的人手来对付。我负责中段，把他肚子那儿往上抬，其他人抬头的抬头，搬脚的搬脚。达米安是抬头的，但他抬得不太好，更多是抬在了肩膀上，他的脖子于是朝后弯了下去。记得我当时还担心，那脑袋这么一颠一颠的，可别把脖子给折断了。倒不是说那样的事情真的会发生，而是我记得当时这样担心过。我还担心他那头浓密的头发，比我上次见到他的时候又长了一点。我担心那头发会被地上的凤尾草给缠住，因为我们是趟出一条路来把他给送回空地的。不过我们最后顺利地走了下来，我提醒自己说，死人跟活人不一样，就算有点头发给扯到了也不会在意的。死人也不会像我那样操心。回到空地后，我们发现戈尔曼在他那辆卖鱼的货车里，就敲了敲驾驶座上的玻璃把他唤醒。把尸体放到货车后面了，就跟一桶桶活鱼放在一起。鱼活着，但都跟那个死了的孩子一样冷。我们把他放在了中间，一桶桶鱼围了他一圈，好像他是它们的晚餐，放在中间的餐桌上供它们享用。我曾经看到过一条完全成熟的狗鱼把一个人的手指叼在嘴里，朝外吸着血。邪恶的生物。他就躺在那里。我们先给他稍稍清洗了一下，然后才把他送回庄园，给他父亲。我们只有桶里的冷水和一块用过的肥皂，但我手下的小伙子尽了全力，把他的皮肤又是刷又是擦的。他那身皮比我们这种干活儿的人都嫩，比任何打拳的人都嫩。也就是说，他是个绅士。我们把他身上大部分的脏东西都洗掉了，开车送回庄园，那些鱼就在货车后部他的身边'扑通扑通'地晃荡着。有一句说一句，他擦洗干净以后，倒还是跟平常一样好看。普莱斯见到自己儿子的时候，就好像重新又爱上了他似的，就好像是第一次看着自己漂亮的儿子。我从来没觉得他是个温柔的人，或是能像那样表达爱意。人总会有出人意料的一面。"

爸爸说话了："他是个父亲，跟别的父亲一样。"

"是这么说。可他的温柔一眨眼就变成了怒火中烧，这我可以告诉你。他的悲伤凝结了，现在已经变成了复仇之火。"

"对。"

"对。他已经把火转到你身上来了。他早就有了目标。他像一头嗷嗷叫的雄鹿一样把你的名字吼了出来。我是相信你的，约翰。你是一个说话算话的人，没有理由对我这样的人撒谎。可你要是觉得普莱斯会来跟你讲道理，听你辩白，那你可大错特错了。他之所以会还没有来到这里，只是因为他手下的人还没能赶到庄园。我是指他手下那帮恶棍。他们就要到这里来抓你了。他派人去召集那些人了，他们很快就会赶来。今天，肯定的。我劝你最好出去避一避。我来就是要跟你说这个的，约翰。就是为了这个来的。要溜出来很不容易，普莱斯发现我不在了会起疑的。可你是个好人。你是个好父亲，你的两个孩子很可爱。你必须走。你和孩子必须得离开。"

"这是我们的家。这是我们的房子，他们的地。"

"这没用，约翰。走吧。去他找不到你的地方。得走得远远儿的才行。不然还能怎么办？你清楚得很，你什么都干不了。你是我见过的最强壮的人。是我在拳赛里见过最强壮、最敏捷、最聪明的。但要是十个人跑来用枪顶着你的脑袋，你那身肌肉就他妈什么都算不上了。脑瓜好也没用了。这会儿你除了跑没别的好干。"

爸爸没有答话。我的呼吸不经意间加快了，心在胸腔中怦怦直跳。我突然敏感于自己的身体正在发出的声音，感受到那些声音有多么的响，不禁有点担心，怕他们会隔着房间门听到我的心、我的肺发出的响动。希望他们听不到。他们隔得太远了，太过专心说话，而且有可能会把我体内气流的响动听成是屋外的风声。可我觉得现在我能听到血液在血管中流动,蜿蜒流过细小的管道,如同白花花的水在峡谷中奔流。我觉得我能听见血液在我的体内翻腾,几乎想要在我的身体中开辟出新的通路来,拓出更大的管道,奔向外面的大海。小时候我动不动就会流鼻血。几乎是出于本能,我抬起右手捂到脸上止血。通常我会闻到鲜血的甜味,可这会儿我什么也闻不到、感受不到、尝不到。我没事。

爸爸和门边那人互相又说了几句,但都有点含混不清,然后那人就要走了。一阵深沉的引擎声蓦然响起,又嗡嗡地消失到了远处。那人开车走远了。

爸爸往肺里吸满了空气,然后发出一阵风儿穿过两座大山间的啸声。

"丹尼尔?"他平静地开口道。也许,他早就已经知道我一直躲在那里,但他吃不准我听到了多少。我轻轻地转动门把手,依旧想着不要发出响声,尽管此时已经毫无必要了。在昏暗的客厅灯光映照下,只能看到爸爸深色的轮廓。太阳还没有完全升上来,屋外那些树木的边缘被映得明亮而又清晰。

我朝父亲走了过去。"你得要离开吗,爸爸?"

他摇了摇头。他抓住我的臂膀,紧紧地握着。他弯下身来亲吻我的额头,我短暂地感受到了他的嘴唇,那样柔软,软得令人感到意外;还有他的胡须,既如丝般顺滑,又微微有些扎人。他握住我的肩膀,将我的身子扳转,面向我的卧室,然后把一只手放到我的后腰上,轻轻推了我一把。

"睡个好觉,丹尼。天亮以后再见。"

V

我又跟比尔一起旅行了几天。我是他的旅伴,他也是我的旅伴。我给他带来帮助,他给我带来温暖。

我无论走到哪儿都在寻找她的踪迹。我沿着公交车站和铁路寻找她。我仔细看商店橱窗里的广告。有人想找房子的,有人想找工作的。我没有失去信念的勇气。我一边咬着指甲,一边透过脏兮兮的卡车车窗玻璃看着外面,从纵横交错的钢筋水泥都市景象中找寻她那熟悉的身影。

比尔暂且能帮上忙,但找姐姐对他来说并不是正事儿。

有天晚上,我们把卡车从大路上开下来,在偏僻的小路上安安静静地开夜车,离开了橡胶轮胎摩擦柏油路面的常态。当沉重的车轮陷入深坑,又顶到路边的岩石时,我们就会先猛地一颠,然后又从一边晃荡到另一边。小路上没有灯火。一片漆黑。星星寥寥无几。也没有月亮。远处有一点晕黄的电灯光亮。然后就只有我们自己的车头灯了。这时一只狍子突然出现在了车灯的光亮里。被灯光罩住了。短暂地停了一下。它就那样站在我们面前,和我们一样吃惊。她那定定的样子像是经过了防腐处理。像是死的,填充了东西,摆好了造型。眼窝里镶进了玻璃眼珠。而在她从玻璃——我们的挡风玻璃后面凝视着我们的时候,她就像是被摆在博物馆里一样,身边是专门为她设计、建造和绘制的一个自然栖息地。

比尔把手掌朝着方向盘正中的地方按了下去,喇叭像狩猎的号角般响了起来。狍子消失了。我为此而对他感到讨厌,这个粗鲁的人。

我爸爸会采取跟他不一样的做法。

不过我们随后在一个路侧的停车带上停了下来。我知道,身体到了夜晚是会发生变异的。而夜晚也会随着身体的曲线而发生弯曲。他并不像自以为的那样强壮。他并不那么像个男人。他嗓音低沉,胸膛宽阔,脸颊和下巴上的毛发要多过头顶。但我还认识其他的男人。我来自一个更坚忍的家系。

他动手拽我牛仔裤的时候,我伸出手去轻抚他,但他把我的手给拨开了。我没有介意。他对这样的接触感到紧张。

他很有分量,我被他压得死死的。我注意到了他上臂的文身。它们已经褪色、洇散,在斑斑点点的皮肤上呈现着蓝色和灰色。我辨认出了一个蛇的脑袋。还有一只鹰在与之搏斗。鹰爪和弯钩形的鹰嘴都很尖利。在他的小臂上横陈着一个女人的胴体。乳房赤裸着。

他没有看着我的眼睛。我们没有接吻。相互间也没有说一句话。

接触中至少是有快感的。这种略显冷漠的爱抚。

到了早上,我坐在自己的皮肤里,变了一个人。

第十九章

等到你害怕一切的时候，也就没有哪样东西特别让你感到害怕了。最早注意到变化的是凯茜。我听爸爸的话回床上睡觉，而且很快就睡着了。凯茜一晚上都睡得挺好，那个跑来警告爸爸的男人来了又走了，她一直都睡着。此刻她已经起来了，正快步绕着我们的小房子转圈，像一只误从窗口飞入的鸣鸟，正在疯狂地想要重回到原先的路径上去。这种响动把我给闹醒了，但我没有起来去找她。我依然缩在被子下面，闭着眼睛，心中充满了恐惧。她气鼓鼓地冲进我房间时，差点把门从铰链上给甩脱下来。门把手砰地撞到了墙上，草草刷就的墙皮扑簌簌地给撞下一层白粉来。

"醒醒，丹尼尔，醒醒！"她恳求道。我之前还从来没听到过她求人。

我犹豫着,此刻就想安安全全、暖暖和和地待在床上。可她是我姐姐。而且出于本能,我自心底深处就知道,还很肯定,那就是有什么东西已经很不对劲了。

我睁开了眼睛。"我醒了,什么事啊?"我说。

"爸爸不见了。"

"他肯定在树林里。"我脱口而出。

"我去过树林里了。他不在那儿。他既不在屋子里,也不在树林里。"

"你有走到树林中心吗?到那棵母树那里?"

"我哪儿都找过了。"

我不说话了,但这次是因为我想到了什么。

凯茜肯定从我的表情中看出我明白了什么事,赶忙追问道,"他在哪儿?他去哪儿了?"

"我不知道。我还不敢肯定。他说无论如何,他都不会走的。他要是想离开的话,又怎么会丢下我们呢?"

"他去哪儿啦?"

"我不知道。我说过了,我不知道。"

"那你知道什么?"

"我今天一大早见过他。黎明那会儿。有个人跑到我们家门口,狗被吵醒了,然后他们又把我给吵醒了。他们也没有回来过。他们准是到山上哪儿去了。他们没有吵醒你吗?"

"我昨晚一晚上都睡得好好的。一直都在做梦。梦的什么我不记得了。"

"我醒了过来,听到爸爸和那人在前门说话,就偷偷下床去听。我没听出来那个声音是谁。他不是我们这一伙儿的,也不是村里的。他跑来向爸爸发出警告,叫他快走,离开这里,还叫他——"讲到这里我不由得停了一下,"还叫他带上我们一起走。"

"为什么呀?我们不是打赢了吗?"

"因为——这是那个男人说的——因为拳赛结束后,半夜时分,他们在赛马场后面的林子里发现了一个人。一具尸体。是普莱斯的其中一个儿子。"

凯茜没有什么反应,没有丝毫迹象表明她哪怕是听到了或是听明白了。她只是用明亮的蓝色眼睛望着我,那眼睛被苍白的、近乎透明的皮肤衬得闪闪发亮。

"那个人告诉爸爸,普莱斯先生把这事儿怪到了爸爸头上。普莱斯和他那些人都认准了是爸爸杀了他儿子。我不知道是两个儿子当中的哪一个。他们认准了肯定是爸爸,判断的根据我听不懂。什么窒息程度啦,掐住脖子的手劲啦,以及有这样手劲的人的力量啦。他们就是根据这些个下的判断,当然啦,还因为普莱斯恨爸爸。我想,凯茜,他对爸爸的仇恨绝不止最近的这些麻烦。这种仇恨肯定不止拳赛这摊子事儿，也肯定不止我们住的这块地。门口的那个陌生人说，普莱斯认定了是爸爸杀了他儿子，现在他要着手复仇了。再也没有猫玩老鼠的游戏了。他要派他的人过来，就今天，也许就是今儿早上，来抓爸爸。把他抓回去，做我不知道的事情。很明显，他们不会去找警察的。"

"爸爸在哪儿呢？"

"跟你说过，我不知道。有个陌生人跑来给爸爸报信儿，我都跟你说了。他要爸爸赶紧离开。但他一走我就出来了。爸爸也许知道我就躲在一边，一直在听他们说话。爸爸说他不走。他说——"我竭力想要回忆起他说过的话。

"他当然不会走。他绝不会撇下我们的。"

我没有马上回答，把这事儿又从头到尾想了一遍。"知道，我知道他不会的。"我停顿了一下，咬住了嘴唇，"可他会在哪儿呢？"

我们走小路去了村子。通往尤尔特和玛莎家房子与花园的路面，因为烘热了三天而变得黏糊糊的。路面上凝结而成的一层薄薄的冰膜，原本暴露在空气中越结越厚，此时随着天热而塌落到沥青上，被踩紧了，变得滑溜。

我说服了凯茜跟我来到此地。她对此有些犹豫。

我们敲了门，不是一遍，而是两遍。第一遍的时候，我用指节轻轻叩了叩门正当中镶着的那块脏兮兮的玻璃。第二遍则是凯茜用力擂在木门上。

门开了。尤尔特和玛莎站在门口,两个人。两个人,丈夫和妻子,都是一副奇怪的表情和斜斜的站姿。他们来回打量着姐姐和我。他们看了看我们的身后,又看了看我们周围。他们又朝着身后自己的家里看了看。

我壮起胆子问道:"你们有见到过我爸爸吗?"

玛莎朝尤尔特瞟了一眼。尤尔特接住了我的目光。

"这事儿可真好啊。"他说。

我没有搭腔。

"这事儿可真好啊。"他又说了一遍。

"抱歉。"我说,"什么事儿真好啊?"

他的目光又定定地望了我一会儿。

"你们两个跑到这儿来,来找你们的爸爸,来找他。就是这事儿,我告诉你们,这可真好啊。"

但他说的好可不是我想的那个好,也不是凯茜或爸爸口中的好,像是天气好或是你提出某个合理的要求时他们对你说的好。

"尤尔特,亲爱的,这事儿又跟他们没多大关系。"玛莎说,"应该怎么也怪不到他们头上去。"

"怪不到他们头上?他们已经够大了,不是吗?他们都大到能参与到生意当中去了,为什么不能掺和进这事儿呢?密不可分的一家人,他们不总是这么说吗?我们就是因为这个才喜欢上他们的。你跟我一样明白,玛莎,要不是因为这两个孩子,我们绝不会信任约翰,一个有他那样名声的人,让他进我们家,进我们的朋友圈子。一个带着孩子的父亲要远比一个孤零零的单身汉让人觉得可靠得多。这就是心理作用。明白了吗,那些个骗子就是这样骗你上钩的。带着家人一起来,你就让人觉得可信。这事儿他们说不定都有份。那你们两个来又是图的什么呢?我老婆的珠宝?我们的车?"

"够啦!"玛莎轻轻喝道,"他们是来找爸爸的,他们觉得爸爸可能会在这里。跟我们一样,他们也是吃亏受损的。他们跟这事儿一点儿关系都没有。"

"跟什么一点儿关系都没有?"凯茜问。

"也许你们还是进来为好。"玛莎说。

"也许他们还是不要进来为好!"

尤尔特伸出一条胳膊搭到门框上,不让我们进去。凯茜和我都没有做出想要进门的举动。

"你们告诉我们吧,我们就站在这儿听。"我提议。

玛莎重重地叹了一口气。"你们的父亲一大早就来了。黎明时分,或者黎明刚过。尤尔特和我都还没起来,可我们听到他来到了门口。"

"我们的确听到了。我们很高兴见到他。那会儿还早，可他从来都不是在点儿上来的。我们在早晚任何时间都把他迎进家里来过。我们俩就是轻信的傻瓜。"

"够了，尤尔特。你是好面子。你是好面子。"

"这可不光是我的面子。这是五万镑啊，玛莎。而且还不是我们自己的钱。"

"我知道。我知道。可也应该让这两个孩子知道一下。"

尤尔特朝后退了一步，双手叉在肚子上。他不想看着我们。

"他是黎明前来的。"玛莎又开始说了，"你们的爸爸。他要进来，当然，我们就把他给请进来了。他说他要看一看账本。就是我们记录所有业务的账本。所有在过去这几个月里做过的业务。我们把那些东西全都放在楼上的一个保险箱里，有所有的名字和他们交给我们的钱。因为你知道那里面还有会费。我想那也算是工会的会费吧。也许你们知道，所有那些参与的人都把每周或每月的钱交到我们这里，交给尤尔特和我。只是为了安全起见，以防罢工矛盾激化，或是如果我们达成了某种协议，那些房东或地主同意了我们的要求，那他们就可以把已付的钱全部或部分要回去。那，这是我们都约定好的，对吧？你爸爸通过那场拳赛把他盖房子那块地的账给了了。普莱斯想要让你爸爸一直替他打拳。你们俩根本想不到那场拳赛会牵涉多少钱，也想不到若是你爸能像以前那样跟他合作、替他打拳的话，会让他赚到多少钱。但我们跟所有房东地主集体达成的协议跟那些是没有关系的。普莱斯先生没事了，可还有其他的房东地主呢。你们家的房子和地没事了，可还有其他那些租房子和公寓，就是以前镇上房产住的人呢。其他那些房东地主答应过冻结租金。他们答应给那些显然付不起的人一个更加合理的租金标准。他们答应对以前拖欠的房租既往不咎。他们答应修理某些坏了的东西。记住，不是全部，我们请了人来处理一些他们自己的事情，这群人当中也有擅长那种事的人，可房东地主们答应承担大头。我们会把住户们已经付的钱回付给他们。但不是一上来就给他们，而是在看到他们会信守承诺之后。当然啦，你们爸爸的那场拳赛在这件事当中起到了一定作用。它把承诺给敲定了。用鲜血给敲定的。别问我这是怎么回事，但事实的确如此。只是那笔钱，将近有五万镑，都是那些相信我们、盼望我们能满足他们需求的人交到我们手里的，只是那笔钱现在不见了。你们的爸爸上楼去看账本——我们给过他保险箱的钥匙——他把那笔钱给偷走了。一分不剩。然后他就跑了。"

尤尔特收起了挡住门的胳膊。"随着天越来越亮，我们听到了各种各样的故事。你们俩或许能给这些故事扩充细节。这些故事来自路那边的彼得和村子里的其他人。故事的核心说的是一个死在树林里的男孩。普莱斯的儿子。漂亮的那个。两个里更漂亮的那个。死了。掐死的。手表和钱都被抢走了。"

"他的手表和钱被人抢走了?"凯茜问了一句。

"对。你爸爸很显然并不满足于他那天所获得的一切。要么就是他的血性被激起来了。你爸爸这样的人,要是血性起来了,那肯定是没法轻易满足的。要是他们身上燃起了暴力,要是那种暴力是贪婪的暴力,他们就会突破贪婪和杀戮的底线。我早就该知道的。我真是太傻了。我早就该知道的。一个像他那样的人,一个有着他那样名声的人。普莱斯先生不是个好人,这是肯定的,可他儿子毕竟还只是个孩子啊。只是个孩子啊。都说他的脖子是给一下子就掐断的,只有你们的爸爸有力气能掐成那样。"

"这不是真的。"凯茜平静地说道。

"不是真的,啊?"尤尔特反驳道,"你还敢替他辩解?这可真是好啊。这可真是好啊。"

这次他也同样不是真的在说好。他的意思是不合情理,这样做不合情理。也许他想说的是,这样做很荒唐;又或许他想说的是,我和我所向着的一切都很令人讨厌。

"你自己刚刚还说过,"凯茜说,"昨天你把他当朋友的，你和其他人一起替他喝彩，可今天你就转过脸来指控他了。"

"他从我这儿偷走了五万镑！"

"所以你就指控他掐死了查理·普莱斯。没有任何迹象能表明是他做的。只有一些谣言。而且只有谣言在告诉你他出于贪婪，从查理·普莱斯身上偷走了钱。你之所以会相信他偷走了钱包和手表，是因为你认为他从你家的保险箱里偷走了五万镑。"

"他的确从我家的保险箱里偷走了五万镑！"

"但他没有杀查理·普莱斯。是我杀的。"

尤尔特和玛莎站在那儿没有说话。我站着没有说话。凯茜也没有说话。

接着，过了一会儿后，尤尔特开口了。"你还是个小姑娘，凯茜。你也许觉得自己跟你爸爸一样又大又壮，可你的确是个弱弱的姑娘。别跟我们闹着玩儿了。"

"我没有跟你们闹着玩儿。"

"也许你是想保护你父亲。"玛莎说道，"这样做是出于好意，真的，可这真的无济于事。"

"我不是想要替爸爸扛罪。我在说的是事情的真相。我杀了查理·普莱斯。"

"凯茜。"

"我杀了查理·普莱斯。我把他给活活掐死了。我很高兴干了这事儿,要是能重来的话我还会这么做的。"

玛莎和尤尔特两口子什么也没说。他们目瞪口呆地看着凯茜。玛莎抓住木门"砰"的一声关上,门上那一小方玻璃被震得簌簌作响。

我和凯茜又站了一会儿,然后转过身,沿着花园里的小径朝外走去。

我没有多问凯茜什么。我没有提问题,也没有要她重复说过的话。

我们一起走过了两三条街,还是什么话也不说。我们分开了,约好了一小时后在家里碰头。凯茜去了彼得和其他一些我们认识的村里人的家。我朝着村子边缘薇薇安的家走去,走过了公地,走过了通向我们——我、凯茜和爸爸——住的地方的岔路口。凯茜不想去薇薇安家。她说她宁愿去跟村子里那些诚实的人聊一聊。所以我独自踏上了那条小路。

薇薇安家的窗帘拉着,不仅是楼上的窗子,就连楼下的窗子也是如此。

我敲了敲门。没有人答应,也没有任何声音从里面传出来。

我又敲了敲。没有应答。没有压低了说话的声音。没有做饭或打扫的响动。没有收音机的声音。

我等了等,又敲门,接着用手使劲擂,然后又等了一会儿。我在前面的花园里踱来踱去。虽然没有人答应,可我知道她在家。我敲门,停下来等,又用两个拳头砸门。一遍、两遍。我停下来等。

时间一分分过去,我越来越清楚地知道,薇薇安确实在屋里,在躲着我,在听我敲门、捶门,也许还在透过窗帘的缝隙看着我,看着我走来走去,看着我的面色涨得通红,看着泪水盈满了我的眼眶。

我是跑来向薇薇安寻找依靠的,这份依靠有多重我直到现在任其落下后才知道。爸爸为我建造了一个家——为我、为他,也为凯茜。他建造了可以遮风挡雨的地方,他把木头和石头在我们头顶拼拼搭搭,就把风、雪和雨挡在了外面。他给了我们安全和温暖。但是对我来说,薇薇安也为我建造了一个家,用的什么方式我既无从得知,也难以描摹。一个家。一个巢。和山顶上树林边的那个不一样。我在薇薇安身上感受到的那个家不是能触摸得到的。这个家没有砖、没有砂浆、没有铆钉、没有铰链。它遮挡不了雨雪风霜。它不会慢慢地沉浸到泥土里。但它自有它的炉,它的火。这是一个有着未来的地方。一个有着可能性的地方。

"薇薇安!"我吼道。我再次敲门。等了一会儿。"薇薇安!"

没用了。我放弃了。我终于彻底转过了身,沿着小径,朝花园门口和通向我家的小路走去。

就在我转上小路的时候,薇薇安家的前门一下子打开了,这个我一年前才遇见的女人如此平静地从房子里向我跑了过来。突然而来的一阵风吹乱了她的头发。她的眼睛红红的。

"如果你想要聊聊,丹尼尔,那你还是进来吧!"

我起初一动没动。我站在那里愣了一会儿,消化一下眼前的景象。然后我跟她走了进去,她关上了门,但我们没有继续向前穿过客厅。

"他走了,丹尼尔。不,我不知道去了哪儿。他不肯说。"

"但他跑来看你了。"

"对,他来过。你跟他只错过了半小时左右。"

"我应该先到这儿来的。我就知道应该先到这儿来。可这么说来他也还没走远。"

"你找不到他的。他一旦动起来,那是很快的。再说他不想你去追他。"

"他说过他会留下的。"

"怎么可能留得下来。有好多人在追他呢。有人有狗。

那些人想要杀了他。这次可是动真格的。如果有可能的话，先把他给活捉了，带回到普莱斯那里，再慢慢把他杀死。这回可不再是生意上的问题了，他杀死了那个孩子。"

"他没有。"我说。

"当然是他杀的。"

"他那么说了吗？他那么告诉你的？"

"嗯，他也没否认。"

"但他有那样亲口告诉过你吗？你有直截了当地问过他，他有直截了当地告诉你吗？"

"不用他来告诉我。消息传得可快呢。今天一大早我就接到了尤尔特的电话。他想要对我发出警告。他说你爸爸杀死了普莱斯的儿子，掐死的，他两只手上的力气差点把那孩子的脑袋给拧了下来，然后他拂晓的时候去了尤尔特和玛莎的家，偷走了一些钱。"

"可他来的时候你还是让他进来了？"

"怎么说呢？你父亲一向很野，我早就知道他不是个天使了。"

"这倒是的。"我说，"可他没有杀查理·普莱斯。"

"管他杀没杀呢。无论他是杀了还是没杀，普莱斯的人都认准是他杀的。知道吗？他们发现你爸爸的大衣盖在那孩子的尸体上。像毯子一样。像一张裹尸布。"

"你说得没错。"

"约翰这人特征太明显了。他们要是抓住他,可真不知道会对他干出什么来。我知道他很壮。我们都知道。可这是两码事。他唯一的机会就是逃跑。"

我点了点头。"也许吧。"

我透过开着的门望向起居室。薇薇安没有邀请我再往里进。这么对我可是有点冷淡。

"他是来这儿跟你告别的吗?"我问。

"部分算是吧。"

"那别的部分呢?"

"他拜托我——"她欲言又止。

"他拜托你什么?"

"这是个很大的请求。一般人们不会开口拜托这么大的事儿。"

"他拜托你什么了?"

"我不知道该不该说。"

"薇薇安!我父亲今早从我身边失踪了,有人带着狗在追捕他,要杀了他!快告诉我!"

"他要凯茜和你到这儿来。他拜托我在他能找到安全的地方之前先照看你一会儿。然后他会来接你的。"

我一时什么也没说。我要让她把话说完。

"只是这份拜托也太重了。"她说了下去,"我有我自己的生活,虽说我的确看着你们俩觉得挺可怜的,但太重了。而且,你和凯茜已经相当自立了。你们俩不会想要搬到这儿来和我一起住的。你们自己就是一个家。你们拥有彼此。何况我也不是一个能和人分享空间的人。我已经有一定年纪了,习惯一个人住了。也许早个几年还行。在我这一生当中,曾经有过一段时间,这样的事情或许会让我觉得挺幸福的。不过不是现在。已经太晚了。"

"爸爸拜托你这个?"

"对,他拜托我这个。"

我稍稍想了一会儿这事。有个人一直都在经营着一家人的生活,现在他拜托一位老朋友来照料自己的孩子,而那个老朋友拒绝了。"好吧。"我开口了,"你应该是对的,凯茜和我能在自己家里应付过来。"

"我就是这么想的。不过你们得要小心才行。"

她似乎想要我走了。

"好的,"我说,"好的,我们会小心的。"

"因为普莱斯和他那帮人说不定会来找你们,为了要找到你爸爸。"

"他们应该会来的。"

"所以千万别给陌生人开门。"

"好的，不会的。"

我朝后退了一步，"谢谢你让我进来。"

有那么短短一会儿，她忘记了曾把我关在门外的事，此时突然想起，脸上不禁露出了惶恐之色。"哦，没有，我是说，当然啦。我当然是要让你进来的。我在楼上，开着吸尘器呢，就这么回事儿。这儿永远都欢迎你。来做客。"

"谢谢，您真是好心。"

我打开前门，迈步来到了外面的阳光里。我随手关上了门，觉得这是该做的事，但门框有点紧，我来回关了两三次。薇薇安口中说了些我没听清的东西，从里面一拉，把门关上了。

回家这一路我走得很慢。

普莱斯的手下来搜房子的时候，我们躲在树林里。那是早上十点钟光景，还没等他们开上山顶，他们那几辆货车所发出的肮脏而又笨拙的排气声就已经传到了我们耳朵里。凯茜提议我们留在房子里来面对他们。她说我们应该向他们表明，我们俩不是胆小鬼。我劝她打消这个念头。我们俩从后门出去，蹲下身子，悄悄地遁入树林的掩护中。哪儿都没有杰斯和贝姬的踪迹。我们蹑手蹑脚走过开阔地的时候，我曾极目远眺找寻它俩，可什么也没看到。

在这个早晨，林间地面上那柔软、潮湿的苔藓和白蜡树蜡黄色的树皮闻着比以往任何时候都要更熟悉。树枝间的小鸟和灌木丛中的小动物都和我们一起保持着安静，尽管我能透过树叶的间隙，看到亮闪闪的眼睛和忽隐忽现的靛蓝色羽毛。

我把呼吸控制得缓慢而又从容，并感觉到凯茜也是一样。那些货车停在了我家前门外的石子地面上，坐在前面座位上的男人们下了车。一个人冲到后面，把两辆车子的双扇门打开，每辆车的车厢里各下来了五个男人。总共来了十四个人。我眯起眼睛看有没有什么我认识的人，想到这其中或许会有我们在这里认识的人，心里就涌起一股很不舒服的感觉。很显然，有什么东西已经发生了改变。这伙人里头，至少有四个，是几个星期前那天晚上来我家参加过篝火晚会的农场工人。所有人都是一副准备上工的样子，就好像他们爬出货车车厢后，要去捡草莓或是分拣土豆。两三个家伙手里还拿着铁铲，尽管是要派不同的用场。其他人则拿着棒球棒和铁撬棍。

那些人开始包围房子。没有人想要去敲前门，但有那么几个胆子最大的则来到窗户跟前，把一只眼贴到玻璃上，并用手拢住遮挡反光。他们在屋外转了有一分钟左右，这才有一个长着斗牛犬一样肩膀的小个子，把撬棍换到右手，朝门抢了过去,算是在敲门。我听到房子里头传来短促的一声回响,仿佛他敲的是一个空油桶。

"开门,约翰!你知道我们是干吗来的!"那人喊道。

里面当然没人回答。我们知道爸爸不在房子里。

"开门,约翰!"斗牛犬背后的另一个男人受了他的鼓励,也喊了一声。听口音他是从此地的北边来的:还是英国,但靠近苏格兰边境了。

胆色壮了一些之后,其他人凑近了房子,有些人开始敲起墙和窗子来。有个家伙手中的棒球棒敲得用力了些,把一扇窗子给敲破了。他猛地往后一跳,有点被吓到。所有人都很紧张。我能感觉得到。

一个穿着灰色运动衫裤,长了一头柔软的金发和一张苦脸,看年纪不会比凯茜大多少的家伙,走到长着斗牛犬肩膀的男人身边,看样子他是这伙人中领头的。"我觉着他不在里边儿,道格。"苦脸说道。

"像是没人答应啊。别是跟他那两个崽儿缩在里边儿吧。"

"透过窗子没看到有人啊。不像是有人在的样子。"

"照你的意思,我们这就该走了是吧?"

"我可没这么说。"

"你想叫咱们就这么空着手回到普莱斯那里去。你觉得他会给咱好果子吃吗?"

"我可没这么说。要是他们不在里边儿,咱也没啥好干的呀,我就是这意思。"

"最好再查看一下。"从房子的另一边传来另一个男人的喊话。我看不到他,只能听到他的声音。

"没错儿。"斗牛犬说,"我们最好进去查看查看。"

他走回到前门,开始用手中的撬棍砸起锁来。其他人走到窗前砸起玻璃来,这回是故意的了。这时,我感到了身边凯茜的存在。她胳膊和大腿上的肌肉正在收缩,仿佛要一跃而起,但两只拳头紧紧攥着一棵大白蜡树裸露在地面上的根须,把自己紧紧地贴在地面上。她虽然是个冲动的人,但至少还有理智,没有朝着他们冲过去。我想要做点小动作安抚她一下——提醒她我还在她身边。我伸出右手,在她的胳膊肘上方停了一会儿,但随即又改变了主意。她的整个身体此刻像个捕猎的陷阱那样紧绷着,任何触碰,无论多么微小,都有可能会触发她。我们还是静观其变吧。

我家的前门是橡木做的,即便是朝着它最薄弱的地方击打,它也自岿然不动。那人又试了试角上,还是没用。要是我和凯茜在里面的话,我们还可以再把爸爸装的门闩也闩上——显然就是为了应对这种情况而装的——不过从实际来看,光凭装在外面的一道锁也已经足够了。

直到他们拿出了攻城锤，真的。从外表来看，是警察们用的那种。四个人合力抡了好几下，随着一记訇然巨响，门框从墙体上松脱，掉到了地上。木头太重了，没能有任何的反弹。他们进了房子，除了门口把风的两个人之外，其余的都看不到了。

不过可以清楚地听到他们发出的声响。他们四处毁坏东西、打砸家具，有些家具还是我亲手做的。

凯茜依然维持着原状，一动不动。但我转过头去不看他们了。我很肯定，他们不会听到灌木丛这边的响动，于是转过身去背对着他们，坐在苔藓上，把目光投向了树林的深处。

我不知道那些人待在房子里搞破坏、折腾房子的五脏六腑折腾了有多久，但完事后他们就没有声音了。干了件漂亮活儿。他们走出房子后又逗留了一会儿，顺了顺气，这才慢慢回到两辆货车上。一辆车先发动，然后马上加速，但当司机看到另一辆没有跟上来后，便停了下来。一个脑袋从窗口伸了出来看是怎么回事，但第二辆车的司机肯定跟他摆了摆手，所以他很快就缩了回去，重新起动了。第一辆车驶出了视野后，第二辆车的司机出了驾驶室，走到前面，打开了车子的引擎盖。引擎有问题了。我能闻得出来：一缕淡淡的黑烟朝着树林飘来，刚刚飘进了我的鼻孔里。燃油的味道。他在那儿摆弄引擎的时候，凯茜的眼睛一眨不眨地盯着他，就像灌木丛中的狮子在望着羚羊。

　　我正在望着房子。就在这时，我听到什么东西打在了凯茜的头上。这种声音是陌生的，如此近，既柔软又让人感到生疼，像是在砾石上弹起的足球。接着凯茜的脑袋就倒在了尘土中。我目光往下看到了她：我没有抬头去看那个打了她的男人。她对着疏松的泥土咳嗽，激起一团棕色的尘雾。她没有失去知觉，但片刻过后，我失去了知觉。

第二十章

我在她的怀抱中醒来。凯茜把我的头搁在自己的腿上，用手轻轻地捧着。我感觉到前额上有些凉凉的、湿湿的东西。她用毛巾擦了擦我的眉毛，然后是我的脸颊和嘴唇。她手里举着一瓶水，看到我眼睛睁开了，她就托起我的头，把水瓶放到我嘴边要我喝。冷水的刺激让我更觉得脑袋不舒服，但不久我就发现了自己有多渴。等感觉好点，能抬起胳膊了，我接过水瓶，把水喝完，等喝完后才想起也许该给姐姐留一点。

"我喝过了。"她读出了我的心思后说道，"你好点了。"

我的脑袋还远称不上好。我不用摸就知道准是出血了。我能从自己脸上闻到血腥味。

"这么说，他们抓住我们了。"我说。

"好像是这么回事。"

"我们现在在哪儿?"

"他们把我们装上一辆货车,送到了一个农场。应该是普莱斯先生的。我们被关在屋后的一个棚子里,靠近一个大谷仓。我一直都醒着。你昏过去了。"

我挪动了一下身体,让自己更加舒服一点。

"他们有好多人。"她说,"爸爸应付不了。也许。"

"爸爸也在这儿?"我问。

"还没有。"全世界都看得出来,凯茜依然充满着希望。我已经把希望吞到肚里去了。

我朝四周看了看。这个棚子差点就漆黑一片了,只在波纹铁屋顶下面有一排窄窄的窗户。棚子里有一些架子,上面放着一排排的纸板盒、铁罐子和塑料瓶。园艺用的麻线、包装用的气泡膜、拉结、石蜡,诸如此类的东西。地面很脏,铺着一卷卷绿色的人造草皮,那些草皮也很脏。棚子的一角,有一张桌子,上面摆放着苗圃植物,小小的、这种那种的嫩芽从各自所在的黑色盆子里破土而出。

"你杀了那孩子吗,凯茜?"

她一直在忙着整理自己牛仔裤上的皱痕,没有抬眼朝我看。我们并排坐在肮脏的地上,我可以听到她的呼吸暂停了下来,但她没有抬起眼睛来。

"如果是你杀的,我不会介意。"我接着说道,"我才不管呢。你是我姐姐,我爱你。你说了什么我都信,而且无论你说出什么来我都会去信。如果你杀了,那肯定是有理由的,哪怕这理由只是你想要杀了他。我才无所谓呢。你是我姐姐。"

她依然没有抬起眼睛来。也没有说话。我用手环住了她的肩膀。

"我实在是没有办法了。"凯茜开口了,"我连推开他的力气都不够。就算我跟他打,能把他撂倒在地上,时间够我跑开,他也能重新站起来,再次把我抓住。他个子要比我大得多。也比我壮得多。我要是规规矩矩打,肯定打不过他,就跟爸爸老说的一样。要是我抽他耳光或是用拳头打他脸,他也会抽我、打我,而且打得更重。要是我跟他缠在一起扭打,他也能扭住我。他当然会扭住我,要不怎么叫扭打呢。他是个男孩儿,正在长成男人;而我是个女孩儿,长大了是个女人。我唯一能做的就是假装——只是暂时的——假装游戏不是那样玩儿的。你不会懂的。"

"我会的。我懂。告诉我吧。"

"我只是,我只是知道,唯一能对一切——对我自己、对我的身体、对整个局面——取得一点掌控的办法,就是要取得完全的掌控。我的行动必须要超前于任何他有可能会做的事，得超出一大截，让他想做的事根本没机会做出来。因为考虑到我和他的力量对比，他会有很多次机会。我只有一次。因此我抓住了这次机会。这就好比我身体内部的所有东西，在一个瞬间集中到了一个点上，而那个点就是我掐住了他的脖子。我就那样紧紧地掐着他，一分钟又一分钟。直到他死了好久也没松开。我得确保万无一失才行。我说过，我只有一次机会。"

"我甚至都不知道他在赛马场那儿。"我说，"还有普莱斯先生的两个儿子。自从他们那次跑来看我们之后，我都没怎么想起过他，我当时还带他们逛过树林呢。"

"我想你也不会想起他。这事儿我一点儿也没提起过，再说你也有别的事儿要想。他动手动脚地欺负我已经有一段时间了。你知道的，我不喜欢待在薇薇安家里听她上课，所以经常跑出去到处逛。有时候散散步，有时候就找棵树啊什么的坐在下面，要不就四处转悠看有什么少见的鸟。没事儿找乐呗，你知道的。你和薇薇安爱干的事我从来提不起兴趣。读书之类的。所以我干的就是这些个。可有时候那两个家伙，汤姆和查理，会来搅了我的兴致。有一次他们俩带着狗和猎枪出来，他们的狗发现我趴在一个狐狸窝旁边，正在等着看小狐狸。在找到那个狐狸窝以后，我往那个地方已经一连去了有好几天了。我发现那只狐狸——一只雄狐——

经常带着食物回家,就像是在照顾正哺乳的雌狐一样。我在那儿一连等了好几天,希望能看到点儿什么。就在那时,我听到猎犬嗥叫着朝我冲过来了。我想它们是闻到了狐狸的气味,也许闻到了,它们会把狐狸赶出来供两个小伙儿射杀。但这时它们闻到了我的气味,冲着我来了;我于是从草里跳了出来,汤姆就拿枪对准了我的方向。我以为他就要开枪了。也许这正是他要我以为的。所有的狗都围着我狂吠,不停地嗅着,好像这就是它们一直要追踪的气味。汤姆放低了枪,哥俩儿走了过来。他们说他们只是想跟我聊聊。我给了他们想要的东西,回答了他们傻乎乎的问题,为他们讲的傻傻的笑话而大笑。过了一会儿,我告诉他们我得回家了,他们听了也没有为难我。只是几天以后他们又找到了我。然后又是一次。"

凯茜蜷在自己的膝盖上。她把下巴搁在一个膝盖上,两只手在鞋上玩弄着鞋带。"怎么说呢,"她说,"事情就是这么开始的。"

"这事儿你为什么不跟爸爸说呢?"

"因为这是我自己的事,是我自己该解决的问题。我不能总是一有点什么事就跑去找爸爸吧?我得学会自己处理自己的事情。"

"不过这桩不能算。"

"得算。得算。这是我自己的事。爸爸有其他的事情要处理。爸爸和尤尔特他们得忙他们在忙的事情。叫普莱斯的人正从四面八方向我们逼来,而我面对的是我那部分。爸爸不会永远在我身边。就算他在,那也是我的生活,我的身体。我无法忍受的想法是,跑到外面的世界,对什么事情都感到惊恐万分,而且一直如此。因为我正是这样的,丹尼,我正是这样的。可我不想这样。我不想要感到恐惧。我整天想的就是杰西卡·哈曼,就是被扔进运河里的那个女人,还有所有那些出现在电视上、出现在报纸上的女人。找到的时候全身赤裸,浑身是泥,浑身是血,浑身青紫,身体扭曲着,被人在树林里发现,在沟渠中发现,甚至没有被发现。有时候我会遏制不住地想着她们。有时候我会遏制不住地想着我会怎样慢慢变成她们之中的一个。我已经比过去长大了,要不了多久,我的身体就会变得和她们一样。我不想最终躺在沟渠里。我不想那样。我的愿望强烈得就像你不想成为爸爸那样靠打架闯世界的人,或者一个农场劳工,整天在农场里挑拣土豆,直到手脚在肮脏的机器、肮脏的钢铁里被卡住、被碾碎、被砍断。我们都在慢慢地适应着我们的棺材,丹尼。我看见我自己正在适应着我的棺材。"

我握住了姐姐的手。在她说这番话的时候,从那些高处的窗子渗透进我们监房的光,随着一排乌云的经过而黯淡下来。热了已经有好几天了,天气又热又潮,气压很低,天空笼着热气散不出去,像个石头的棺材盖。

第二十一章

我们在棚子里待了至少一天一夜,然后又是一个白天,但我们大多数时间都在睡,像毛毛虫和树叶那般蜷到一起。有人送吃的来,早饭是面包和果酱,晚饭是两三片微波炉加热的披萨。我们已经有好几个月没吃过那样劣质的东西了,从不吃学校餐以后就没再吃过。我不习惯吃这么多白面包。我的五脏六腑都在痛,它们陷入了神经紧张。

我们俩都不认识送食物的那个人。每次的人都不一样。他们拖着脚走进来,把盘子放下,然后就走了。每次我都顺着他们的背影穿过开着的门望向外面,但什么也没注意到。每次看到的景象都跟上一次一样安宁:稍稍更无趣一点,更朦胧一点,但并没有什么明显的变化。从这些短暂的一瞥中,我判断不出什么动态,既没有让人担心的变化,也没有能让人生出希望来的变化。

到了第二天晚上,三个人走近了棚子。他们拉开了门闩,然后钥匙在锁中转动。门开后他们没有进来,而是在门外等着。

"跟我们走。"其中一个人说。他站在三个人当中,略微比其他两个靠前一点。

"要让我们去哪儿?"凯茜问。

"跟我们走就完了。去哪儿一会儿就知道了,小姐。"

凯茜和我都没有动。

"反正你们会走的,两种走法让你们选。"那人说。他想要让自己带点儿狠劲,但很显然根本唬不住人。真狠假狠其实稍微有点接触就能探得出来。说话声音中些微的犹豫,目光不经意地斜向地面,脸上露出的一丝同情。他说,"你们想要软的走法还是硬的走法?"

"那,这么着吧,不如你告诉我们我们这是要去哪儿?说不定我们听了就会走的,好吗?"

中间那个男人用寻求支援的目光看了看两边。两人当中,一个耸了耸肩,另一个则直直地瞪着凯茜。

"我们要带你们去见普莱斯先生。"

"这不结了?"凯茜说,"要是这么回事的话,我们当然会走。"她站起身来,我也跟着站了起来。"这算是软的走法吗?"跨过门槛的时候她还故意追问道。

他也许会从侧面给她一个耳光,但我看得出来他不敢。姐姐在个子上当然无法跟他相比,但她总是自有她的气场。真实是自有其力量的。说出心中真正想说的话。说得直截了当。

我们一边和这三个人说着话,一边穿过后院。后院里还有更多的外屋,构成了一个网络,有放工具的、放长靴的,还有专门放枪的。我们穿过一片片菜畦、暖棚和其他园圃。那些人没有领我们进屋,而是绕过屋子,上了一条窄窄的、位于外墙边缘的石子路。我们来到了屋子前面,这里有一个椭圆形的前院,临着直通巨大双扇前门的台阶。院子里停着七八辆车,各式各样,围成个圈。我认出了普莱斯先生的路虎,还有他的捷豹。此外还有几辆全顺厢式货车和一辆皮卡,皮卡后面用脏兮兮的防水帆布盖着某样体积庞大的东西。

那儿聚着另一群人,也许有十五个,手全都插在深色夹克的衣兜里。普莱斯先生也在这群人里,居于中心,正在遥望着自己产业的边界,那儿高高矗立着一道翠绿的树篱。

我们走向的那辆货车车门开着,引擎正在吭哧吭哧地响着。周围的空气都被喷出来的尾气给弄黑了。一股恶臭扑鼻而来。

普莱斯先生瞄了我们一眼就快步走开了,他的脸板着,面色似乎有点疲惫。

我们被领到货车跟前,推进了车后厢。

"这是怎么回事?"我问,"你们这是要带我们去哪儿?"

"回你们那儿,中间会停一下。"那人说。

"回我们那儿?"

"我们找到你爸爸了。"他朝我们眨了眨眼睛,露齿一笑,然后砰地把车门拉上了。我们顿时陷入到了极度的黑暗中。

凯茜在突然而至的恐慌中来到门边,用拳头拼命地擂着车门。"让我们出去!"她边擂边喊,"让我们出去!"

我留在原地没动,紧紧地抓着车子的侧面。吭哧吭哧直响的引擎发出噼噼啪啪的噪声,然后打着了火,车轮滚动起来;然后颠簸而行,陡然加速。凯茜猛地朝后一倒,一口呼吸被从中打断。我有东西抓着,但胳膊肘蹭到了某样尖的东西。我感到右胳膊肘那里有点湿润。也许是血,也许是汗。太暗了,看不清。

凯茜咳了起来,并在车子朝前猛冲一下的时候倒吸了一口气。我不停变换着双脚的位置以保持平衡,因为脚底的车厢地板一边发出嘎嘎的声响,一边晃动个不停。经过多年反复的冻结和融化,再加上疏于修理,这里的大路和小路都已是车辙密布了。我想我听到了远处有狗在叫,那有可能是我们家的狗。自从杰斯和贝姬跑出房子跑下山去后,我就再也没有见到过它们。它们经常会到附近瞎转悠,但通常会自己找回家来。

我们没有走出多远,货车就颤动着停了下来。男人们跳下车。吵吵嚷嚷的声音。车门摔上的声音。男人们在草地、柏油和砾石上跑动的声音。

凯茜爬到货车的门边,那儿的橡胶密封件上有一道小裂缝。她调整着鼻子贴在金属上的角度,让眼睛多少能跟缝隙对准。

"能看到吗?"我小声问道。

她调整身体,倾斜着脑袋,重新朝外看去。

"我认不出这是哪儿。"

更多的喊叫声传来。没有什么话能听清,但从说话的声调中可以听出很多东西来。有怒气。还有野蛮的兴奋。

凯茜从门边挪开,坐了下来。我能看到她模糊的轮廓。光线太暗,看不清她的面貌或表情,但我对她太熟悉了,认得出她恐惧时的样子。她的肋骨随着呼吸而颤抖。她依然是如此弱小的一个。

"我有不好的感觉,丹尼尔。要是你有机会能跑出去,千万抓住。走,跑,不要回头看。"

"我不会撇下你的。"

"可我要说的就是这个意思。走你的。别管我。你要知道,我会没事的。不管他们对我做什么,不管什么事情发生在我身上。我会没事的。我是说我自己会觉得没事的。他们可以对我做出最坏的事来,但我答应你,我会在脑子里去往另一个地方,需要多久就去多久,我会没事的。经历的事情全在于你怎么看。如果你对自己说这什么都不是,那它就什么都算不上。所以你只管跑吧。答应我。"

"我不想答应这个。"

"求你啦。我能照顾好我自己,以我唯一知道的方式。对我来说,想到会有什么事发生到你头上,比想到有什么事发生到我自己身上更让我受不了。我是说真的。我会非常焦虑。我会永远也过不去的。可要是有什么事情发生到我身上,我有办法调整自己,让它像并没有真正发生过那样。而要是它像没有真正发生过,那它就没有真正发生过。明白我这话的意思吗?"

我告诉她我不明白。

"好吧,不去管它了。只要答应我,我要你跑的时候你会跑就行。要是你跑了,我会变得更安全,有更强的心理承受能力。要是我知道你安全了,跑出去了。"

我好久没说话。外面的喊叫和奔跑已经停止了。空气中弥漫着令人不安的寂静。我移动过去，坐到了凯茜旁边，像在棚子里那会儿一样握住了她的手。

"要是我们能脱身去跟爸爸会合，"我说，"我敢肯定我们都会没事的。"

凯茜捏了捏我的手，但没多少力气。

"答应我你会跑。"她说。

"我答应。"

货车再次加速了，随着路变得越来越崎岖，我和凯茜被晃得前仰后合。接着，突然间，我们滑向了车尾。货车的车头翘了起来。我们正在爬陡峭的上山路。我们的那座山。也许我是从能精确记得的路的起伏中知道的。又也许是我闻到了某种家的味道。

货车停了下来，司机走出车子，走到了后面。他打开双扇门。黄昏来了又走了，我们望出去，已然是沉沉的夜色了。借着星光和月光，我认出了之前接我们来的那三个人。凯茜和我站起身来。

她轻声对我说："照我说的做。我们跟他们一起出去，我们乖乖听话，他们不会对我们动粗的。然后等我一说，你就跑。"

我们走出了车子。

那三个人走在我们两边，但没有抓住我们。

我们开始朝着房子走去。

"丹尼尔。"凯茜说,说得很大声。她的意思是要我走。但我没有动作。"丹尼尔。"她又说了一遍。

我们正跟着那三个人走向自家的前门。

我继续走着。我在她身后,两边各有一个人,还有一个人在最前面带路。

我们就快要走进去了。树林就在我右边,再远处是被遮住了的山,然后是顺势而下的一层层平地。

"丹尼尔,跑!" 凯茜大声叫道,我没有听她命令跑,让她有点灰心丧气。

我停在原地没动。三个男人中的一个咯咯笑了起来,然后他突然就粗暴地抓住了她的两条胳膊,把它们反剪到了她身后;扭得那么厉害,也只有身体柔软的瘦高小姑娘,其肩膀和胳膊肘才能承受被扭到那样的角度。

这绝对不会是他们所能做出的最坏的事,但已经伤害到她了。尽管没有发出尖叫,但她发出了哼哼声。

"别干傻事儿,宝贝儿。"那个先是笑出声,随后又抓住她胳膊的人说。

话音刚落,我就被人从背后一把推过了原先我家前门所在的那片空间。这些人都是发育成熟的大人。这些人都是健壮结实的、发育成熟的大男人,雇他们来就是为着要造成伤害的。他们很粗野。刚才只是那么轻轻一推，我就有点透不过气来的感觉。

我们走进了厨房。我踩到了碎玻璃。窗户都打破了，橱柜敞开着，里面的东西撒了一地。有两把椅子砸烂了，那是我在爸爸的帮助下满怀着爱意做出来的。厨房案桌的桌腿被粗暴地砍断，躺在房间侧面的地板上。而用那块又长又厚实的橡木板做成的桌面则不见了。

三个人推搡着我们进来了。他们的举动变得比之前更加不堪。更加粗鲁，更加不和善。他们把我们带到房间的一边，紧紧地抓着我们。另一个人就像头一个人抓着姐姐那样抓着我。我的小细胳膊被紧紧攥着别到背后。我虽说也同样年龄不大，瘦小灵活，但肩膀那儿感觉痛得要命；还有被这种姿势挤压到的肋骨，和被那家伙用粗糙的手掌和久经锻炼的指节按住的臂弯，这些地方也都在痛。

对凯茜来说，最初的疼痛已经过去了，但因为身体找到了应对不适的方法，她的呼吸变得粗重了。

其他人鱼贯进入房间。他们有的相互捶打肩膀，有的相互点头致意，屋里响起一片简短的寒暄。凯茜和我被推到一边，依然被牢牢地按着。

随后屋子里静了下来。

普莱斯先生走进了房间，走进了我们的厨房。像走进他自己家一样。他自家的客厅。他自家的工场。他自家的账房。仿佛我们是爬在他家墙上的蜘蛛。仿佛我们是吸附在他家窗子上的鼻涕虫,在朝里张望。

他的脸上显出了沧桑。一脸憔悴。但这张脸上还有能看出一点人性的地方。一个儿子就在两三天前被人给掐死了的人。

汤姆·普莱斯,两兄弟中的哥哥,走在他的身后。他看到被反剪双手摁到低头的姐姐和我,脸上露出惊恐而又愤怒的表情。

父子俩在房间的一角稍微收拾了一下。普莱斯先生没有朝我们看。一次也没有。他的目光盯着我们和他雇来的那些人的头顶上方。他的下巴半天没动,这使得他那张脸显出一种严厉的镇静。

屋子每一边都有人,空间几乎占满了;人们有的坐在工作台上,有的缩在角落里,有的倚靠在墙边。只有离门最近的那面墙空着,那是故意留出来的,因为其他空间都挤进了人。

屋子里依然一片寂静。这是由普莱斯先生造成的。他的在场,将一种无声的不安笼罩到了其他人头上。他有着一种俯瞰的气势。

门外传来一声呻吟。寂静仿佛变得更深了。所有人都听到了这声呻吟。接着是一声令人感到恶心的咆哮。有某样沉重的东西在被人拖着走。还有其他人全力移动某样东西时发出的声音。

"推！推！我来扶着他上来。"这些话含混不清，隔着两道关着的门和旋舞的风依稀传来。

"角上被这块草皮给卡住了。"

另一个人的回应没有能传进屋来，被一阵突如其来的风给卷走了。他们继续拖拽着正在拖拽的东西。一步，一步。推的推，拖的拖。这儿擦到一下，那儿嘭地撞出一声。所有的眼睛都盯着门。又一声呻吟传来。一声由那独一无二的声带发出的独一无二的呻吟。

我再也忍不住了。我叫出了声来。"爸爸！爸爸！"我大声叫喊。

"让那孩子闭嘴。"普莱斯先生从角落里斩钉截铁地说道。他没有朝这边看。他发布命令的时候，嘴唇几乎都没怎么动。

抓着我的那个男人腾出一只抓胳膊的手，对准我的下巴就是一拳。我顿时尝到了血的味道，舌头也感到有什么东西松动了。他又晃了我几下，把我的胳膊攥到一起，然后朝下一摁，我朝前一扑就跪到了地上。

我痛得龇牙咧嘴。我用舌头拨弄着松动的大牙。我尝到了血的滋味。我又拨弄了几下那颗大牙。我把注意力集中到嘴里的这个物体上，集中到舌头与之摩擦所感受到的粗粝表面，以及那下面柔软的、变嫩了的牙龈。

门慢慢打开。那个一直在拖东西的人就要看见了，他背对着我们，一心料理着手中的负担。

我专注于用舌头寻找嘴巴里的血是从哪儿冒出来的。我用舌头拨弄那颗松动的大牙。我把这种锐利的感觉当作一种消遣。

那个背对我们的人已经完全进入了房间。有三个人在替他帮手。他们抬着一块木板。那正是我家厨房案桌的橡木桌面。我看到了原先有桌腿的地方，发现它们被砍得很粗暴、很不当回事。那些抬着桌面的人，现在抓的就是桌腿砍掉后的断桩。

我拨弄着自己的牙齿。我的背被朝下摁着，想要看点什么，脖子得用力往上抬才行。我脑子里想的是背脊上的痛、下巴上的痛、脑袋里的痛；还有，我想喝水，很想很想。

爸爸被皮带和电线捆绑在橡木桌面上。他们把他拖进屋中，竖起来，靠着空出来的那面墙。他的双手和手腕上都覆了一层血，手臂上的血则是溅上去的。血也盖满了他的脸，前额上还有大团的血块。他身体的左半边，白色的棉布内衣已经被红色浸透了。他的两只脚光着、捆着、擦破了，也在流着血。各处的血都和从附近地上沾来的尘土、泥巴、草叶和沥青混在一起,红色渐渐变成了棕黑色。

抬进来的时候,他的双眼闭着。慢慢地,他睁开了眼睛,与我的目光会合。他又看向凯茜,凯茜的注意力也被他吸引住了。把他抬进来的那些人正在忙着检查有没有捆紧。其他人望着他的手、他的手臂、他的腿,或是四下张望着,或是相互对望着。只有姐姐和我看着爸爸的眼睛,望过去是两点白光,如同血色天空中明亮的两颗星辰。

他哼哼着。每次呼吸都会有呼噜呼噜的声音,那是他肺里的液体。

最先开口的是普莱斯先生。"这是个黑暗的日子,约翰。这是个黑暗的日子。相信我,这一点都没给我带来乐趣。"他平静地说道,"不过你知道,我需要公正。我们的那种公正。忏悔吧,我会给你个痛快的。相对的痛快。"

爸爸什么也没说。也许他想说也说不出来。他的眼睛先是看着普莱斯先生,然后看向我,看向姐姐,然后又回到普莱斯先生身上。

"你看到了,我把你的孩子们带到这儿来了。我会对他们不客气,你会看到的。"普莱斯说。

爸爸还是什么也没说。

普莱斯先生对抓着凯茜的那个大个子点了点头。凯茜挣扎着，那家伙把她按倒在地，贴着地板，然后拿出刀来割她的衣服。衣服被撕裂了，发出尖叫与哀鸣。他的目的不是要刺破她的肌肤，但在割破衣服的时候还是割伤了肌肤。就这样，她挣扎着，而他一边割一边撕。现在她的身上也有血了。

然而她没有大叫。她的嘴巴闭得紧紧的。她的眼睛瞪得大大的。

赤裸的躯体只是一具赤裸的躯体。羞耻只在于看的人。如果我不带任何羞耻地看着她，她就能不带羞耻地赤裸着站在我面前，裸不裸体也就无所谓了。这些男人，这些无足轻重的男人用什么样的眼光看他，她凭什么要在意呢？

她的衣服割开了，躯体露了出来。我用所能聚集的全副专注望着她。我盯着她的眼睛，捕捉她的眼神，努力用尽我所有的力量让她知道。知道什么？某样东西。让她知道她不是一个人。让她知道这些东西的坏，纯粹只看她如何想象，只要她稳住心神不去多想便行了。但当我看过去的时候，我发现她已经进入那种状态了。那种状态，或者也许是别的某种状态。一层薄薄的、结实的、奇迹般的漠然之膜已经笼罩在了她的身上。她已经变得无法侵入了。

她赤裸裸地站在那里。那个男人依然紧紧地抓着她，但在她闪耀的光芒背后他几乎就看不见了。她近乎透明的皮肤上有一些割痕与血污,但几乎没人注意那些了。

爸爸咳了一声。一些血滴流到他浓密的黑胡子上。胡子需要洗洗了,我告诉自己。等这一切都结束后,凯茜和我得把父亲那结了血块的胡子和缠到一起的头发好好洗洗。"请停下。"他用很轻的声音对普莱斯说。

普莱斯针锋相对地瞪着他。"忏悔!"他对爸爸说。

爸爸再次张开嘴来要说话。他有呼吸,但没有哪次呼吸能把他的声音给带出来。他叹了口气,又试了一下,气流还是落回到了他潮湿的肺里。

"普莱斯先生。"凯茜开口了。她的声音柔软得不同寻常,但是很稳,像斧刃的弧形划破空气。"我杀了你儿子,普莱斯先生。"

房间里的许多人之前一直在望着她。许多人依然在看着她。但汤姆盯着她看的那种目光已经有了极大的不同,已经不能以相同的名称来命名了。

普莱斯先生转过头来。

她又说了一遍:"我杀了你儿子,普莱斯先生。"

他笑了。其他人也跟着露出笑容。"你是说你在这件事当中也有份?你把他骗到那地方去,对吧,然后你父亲再谋财害命?"

凯茜摇了摇头。"不是,"她说,"我一个人干的。爸爸不在那儿。他对这事儿一点都不知情。就我一个人。我用手兜住他脖子,用力掐。我掐啊,掐啊,他就在我下面用尽浑身的力气挣扎,但我还是拼命掐,他怎么也挣脱不了。然后我一直紧紧攥着他的脖子,他就变得越来越虚弱,脸色越来越紫,最后就没气儿了。以防万一,我依然掐着他脖子,直到手指都掐痛了才松开。然后我就把那件大衣盖在了他身上。我没有抢他身上的钱,不过我也就是随口提一下。"

普莱斯先生听得目瞪口呆。他的嘴巴大张着,一副难以置信的样子。"给我滚出去!"他说,"你好大的胆子,竟敢撒谎骗我,你个小贱人。好大的胆子!"

"这不是谎言。我为什么要撒谎?你把我们都抓了,整成这个样子,都到这会儿了我为什么还要撒谎?我都知道你当真会把对付你儿子的人给杀了,我为什么还要撒谎?我还是要说,我杀的他。我用这两只小手掐死了他。我一点都不后悔。要能重来的话我还会这么干的。"

汤姆·普莱斯,兄弟俩当中的哥哥,之前一直都靠在墙上,现在走上前来问道,"可你怎么干得了呢?你还是个小姑娘呀?"

"她没干,"普莱斯先生打断了他,"当然不是她干的。她在耍我们呢。他们就喜欢耍人。"

"我杀了查理·普莱斯!"凯茜吼道,"我杀了查理·普莱斯!"

查理·普莱斯的父亲这回亲自走上前来了。他抬起右手,一直举到左耳边才抡出去,给了我姐姐一记响亮的耳光。

赤裸的女孩闭上眼睛承受了这一击之力,然后很快就又把眼睛睁开,仿佛自己只是转了一下头,眨了一下眼睛。

"我杀了查理·普莱斯!"凯茜又说了一遍。

"把她弄出去!"普莱斯先生对着屋子里,对着所有站在那里的人们说道。那些人全都听到了我姐姐的供词,在心里对其真伪都作出了自己的结论。

在片刻的停顿后,一个人走上前来。他伸出戴着手套的手轻抚着她的脖颈。"我会让她闭嘴的。"他毫无表情地说道。

"很好。"普莱斯先生回答道,"把她带到隔壁房间去,对她想干什么就干什么。我的意思是想干什么都行。要充分利用她。"

另一个戴手套的男人从前一个手中接过凯茜,把她捎上了肩头。她没有挣扎。他把姐姐带离了房间,将她扛到厅里,然后扛进了一间卧室。我听到了他的脚步声。我听到了房门打开又关上的声音。我竖起耳朵来想再多听到一些,可一连好几分钟什么声音都没有。

这时，我的下巴被人抬了起来，正是普莱斯先生。抓住我胳膊肘的手松了，我站直了身子。"你在这里头有什么份儿啊，孩子？大人、小女孩和你。"普莱斯问我，"你父亲、你姐姐和你。你姐姐已经承认她是共谋了。你呢？"

"凯茜没有承认共谋。"我说，"她告诉你她对你儿子做了什么，她是一个人干的。"

"是，可我一点儿都不相信她的话。她那么个小姑娘？一个人？不，我才不信呢。我可不是傻瓜。"

我没说话。

普莱斯先生用比之前更加柔和的声音继续说道，"我在想，不知道你将来长大了是会像你母亲还是像你父亲。我是说性格。从外表来看，你很明显已经像了你母亲。但你会走上谁的道路呢？你会跟他一个下场吗？"他朝爸爸那儿努了努下巴，爸爸的眼睛已经闭上，呼吸平缓了下来。"还是跟她一样的结局呢？"

我抬起头来。我注意到了他金色皮肤上的皱纹以及眼睑上颜色浅一点的地方。金发中几缕鸽灰色的白发。干燥的嘴唇。吸气时张大的椭圆形鼻孔。有点平的眉毛。

也许他想要我来开口问。也许他想要我开口求他告诉我母亲的事情。我倒也不是不想知道。我想知道。这些年来我一直想知道母亲的事。有一次我曾经想起过要问爸爸，有过那么一天，跟今天截然不同的一天，我们一起在厨房里而这些人还没有跑来站到这里的一天，在之前几年我们有长长的时间可供自己支配的许多个日子中的一天。我们有过那么多东西好谈，可总是说得很少。沉默一直就是我们的交流方式。这就是我学到的规则。

于是我保持沉默，而沉默抑制了我的好奇心。母亲来了又走。直到最后一次她走了。再也没回来。

我还是个很小的孩子时，她带我去莫莉奶奶家后面的一个公园荡秋千，我坐在她的怀里。系着秋千的铁链已经生锈了。单是我们的体重压上去，那秋千便吱嘎作响；而等她晃起来的时候，铁屑更是纷纷落下。铁屑落到下面的橡皮垫子上。我紧紧地抓着她。我是怕送命而抓紧她的。但她的双手在那些铁链上吱嘎作响。她抓得那么用力，指节都发白了，手掌都沾上了赤褐色的铁锈，仿佛那金属经过了专门的处理和研磨，专为她在那苍白的肌肤抹上她自己静脉血的颜色。

"她一直是个坏脾气的女孩。"普莱斯先生说，"总是为这个为那个生气。每回你见到她，都能看见她耷拉着嘴角，皱着眉头。她究竟在为些什么东西伤心，只有上帝知道。当然，她长了张漂亮脸蛋，可她从来也不知道该怎样加以利用。我是说，我尽力帮过她。要是我那两个孩子的母亲死得再早点的话，我还会娶她呢。我给她开了很好的条件。可她选了另一条路。她把自己的人生给浪费掉了。到处去跟错误的人为伍。去那些不该去的派对。把她继承到的庄园和土地都给荒废掉了。要说我痛恨什么事情的话，丹尼尔，那就是荒废。尤其是荒废土地。那么好的土地，全给抛荒了。我实在不能容忍。"

普莱斯先生离开我，掉头朝厨房案子走去。

"等到我收容她的时候，事情已经全变了。想想也是。她自己把自己的脸给丢尽了。可我好歹还给了她一片遮风挡雨的屋顶！她从来连半个谢字都没有说过，也从来不在那儿好好待着。你爸爸——如果他真是你爸爸的话——当时是替我干活儿的，收收租金，打赢我替他安排的拳赛。两个人一起跑掉了，对吧？卷了一大笔现金，我老婆的珠宝和一对'荷兰与荷兰'公司二十世纪六十年代生产的手枪。"

他用弯曲的、圆滚滚的大拇指拉开一个抽屉上的铜把手。这个抽屉是我帮着装的。当时我没有能把校准弄好，所以抽屉一直会卡住。

"她现在在哪儿呢，上帝知道。你爸爸也没法长久笼住她。我说过，她身上总有没完没了的忧伤。总是有那种说不清道不明的痛苦。要是你跟我说，她在哪条黑漆漆的小巷子或者查珀尔顿的妓院里嗑药过量了，我不会感到意外。"

爸爸把他的刀放在那个抽屉里。每到周日晚上，他把那些刀一把一把从抽屉里拿出来，用磨刀石磨一遍，再一把一把放回到它们各自固定的位置上去。

普莱斯先生没有挑最大的那把。那是一把长长的、薄薄的切鱼片用的刀，刀刃有微微弯曲的弧度。他选的是一把带胡桃木把手的削皮刀，粗短的刀刃前端尖利，长度约有我的食指那么长。

他朝着爸爸走了过去。他站得离他很近，近到他们可以呼吸到彼此的呼吸。干净的空气进入爸爸的身体，离开的时候带了一团血雾；而普莱斯先生则吸入那团血雾，呼出干的气来。

普莱斯先生举起那把刀，把刀尖放到了爸爸的肩膀上。他戳了下去。刀子刺破皮肤，然后继续往下。普莱斯先生一直切下去，直到骨头，仿佛是在分解一头雄鹿。鲜血喷涌而出。那是从更深的、含量更丰富的血管中流出的血，颜色紫红，仿若浓稠的红葡萄酒，而不是喷溅与玷污了皮肤和纯洁白背心的那种稀薄、明亮的赤褐色。血流沿着两边的胸膛和臂膀而下，湿透了爸爸的腋窝。

爸爸的呼吸依然没能抓住他的喉咙。他无法汇聚成一股气流。他叹了口气，向上看着天花板。不过他的面部渐渐放松，呈现出一副安详的表情，仿佛他的目光能够穿透天花板，看到天上的云和云上面的星星。我不知道爸爸相不相信天堂和地狱。我不记得我有问过他。就算我问过他，他告诉过我，我也不记得答案了。

普莱斯先生把刀拔了出来。又一股小血柱涌出。

"他会鲜血流尽的。"普莱斯先生对旁边一人说。

"会很慢。"那人说，"他块头大。最好再割上一刀。"

"我知道会很慢。这还没完呢，我会再割几刀的。不过那一刀应该够了。"

普莱斯先生好像对那人的建议有些不悦，仿佛想要表明他知道自己正在做的事，他跟在场的任何一个人一样清楚：要想让一个人死得慢，该对他的身体怎样做。

我跟刚才看着凯茜一样看着爸爸。

我在想，不知道他是不是为了我们才回来的，不知道这是不是他被抓的原因。我想到了薇薇安说过的话。我想到了尤尔特暗示过的那件事。

另一个房间里很安静。安静到让人不安。我心中暗骂自己如此懦弱。

接下来是漫长的等待。普莱斯先生靠在案子上望着爸爸，爸爸则尽力想要把眼睛睁开。

稍后普莱斯先生重新走了过来，把刀刃插入爸爸左膝下方比较柔软的部分。然后是右边。一双长长的红色袜子。普莱斯又回到了桌案边。

汤姆的眼睛现在已经瞪得圆圆的了。看着就好像没法儿眨眼了一样。他的表情干枯、焦渴，恍如惊弓之鸟。眼睛虽然大张，嘴却紧紧闭着。他的嘴唇呈白色：就站在这里的这会儿工夫，嘴唇最上面那层细胞已经死了、皱缩了。要是他咧嘴笑的话，那层死皮就会裂开。要是他舔嘴唇的话，那层死皮就会形成一层苍白的黏黏的糊状物。

鲜血渐渐在爸爸的脚下汇成了两个小潭。

门猛地推开了。

姐姐在屋里投下了长长的一道影子。那影子很沉重，木炭的颜色，那种只有火才能投出的影子。跳动摇曳，簌簌作响。那影子的源泉被凯茜拿在左手中，藏在了门框背后。随后她将其拿到了众人的视线中：一块破布，浇了油，绑在一根从床架子上给干脆拔了下来的床柱上。绕在她手臂上的，是一只洋铁桶的钢丝把手，铁桶随着她手臂的运动而迟钝地晃动着。那里面装满了油，离那把燃着的火炬只有极其危险的两英尺。

她的右手拿着一把霰弹枪，枪托用胳膊肘夹紧在体侧，两根细瘦的手指搭在扳机上。

她的双手和双臂沾了厚厚一层血。不是她的。血色最浓的地方是她的两个大拇指和其他手指的指尖，而当血迹延伸到前臂的时候，血色已经变淡变亮了。

这样子看着,像是她曾把双手探入过那男人的脏腑中一般。

我想象着那人在床上摊开身体,露出一个粗糙的、敞着口的、血糊糊的大洞。

我想象不出她是怎么做到的。

她走进房间。她依然浑身赤裸。她找到了铁桶、油和霰弹枪。她没有停下来给自己穿上衣服。

她全身闪亮。她在自己的皮肤上浇了油,给自己的头上脸上浇了油,也给她那浓密的、现在变得光滑的黑发上浇了油。

抓着我的那个人松开了手。他像见了光亮的蜘蛛那样后退了。趁此机会我跑到了房间的另外一边,远离了普莱斯先生、他还活着的那个儿子,和他的手下。我在爸爸和凯茜之间挑了个地方,爸爸全身是血,被绑在橡木板上,凯茜则背挺得像她手中拿的霰弹枪的两根枪管一样直。那两根枪管此刻正对着普莱斯先生的胸膛。

场景发生了变化:节奏、氛围、方位,全都变了。那摇曳跳动的火焰改变了画面的饱和度。红色变得热烈了。青紫变得浑浊了。白色披上了一层橙色的光泽。那些人脸上的皮肤,因为退回到了沮丧之中,被新的光影涂抹得斑斑点点,满是划痕。地上的石板在光影中荡漾,忽而呈现出哑光的效果，忽而又如丝缎般光滑，像一层冻住了又化掉，化掉后再冻住的黑冰。

"来一个人给我父亲松绑。"姐姐简简单单地说道。

沉默。没有人动。

"她根本就不懂手上那玩意儿怎么用。"一个蹲在地上、之前没说过话的秃头男人开口说。

凯茜一枪朝他射了过去。

在那样近的距离，霰弹几乎没有时间散开。整颗霰弹中的弹丸射穿了他的肚子，还打飞了他身后的一扇碗橱门。那人应声倒地，身子剧烈地抖动着。

她的瞄准动作那么自然，正符合我对她的预期。

汤姆牛仔裤的裆部颜色在变深。他尿裤子了。有个人喀喇喀喇地摇着后门的门把手。门锁着。凯茜朝他射了一枪。他也倒在了地板上，蜷成了一团。

"停！"普莱斯先生喊道，"托尼，照她说的做。"

托尼是个高个子，身上有道纵贯整个躯干的刺青，颜色已经黯淡了。他从老板手中接过刀子。他用刀把绑着爸爸的绳子割断，先是脚踝，然后是手腕。割得很慢。结系得很紧，绳索也都很结实。

待挣脱了所有的束缚后，爸爸从桌面上倒了下来，瘫靠在后墙上。身上的血擦掉了墙上的油漆，渗透到了里面的灰泥层。托尼又回到了主人的身旁。

"他已经死了，凯茜。"普莱斯先生说，"血会流光的。没救了。"

"我看得出来。"

火把正在往下烧，离那桶油又近一点了。

人群在颤抖。人们不安地变换着重心，两脚在原地动来动去；想要跑，可既没有选好的方向，也没有可选的方向。

凯茜一边目不转睛地盯着普莱斯，一边用只有我能听到的声音说："你该离开了。"

我朝爸爸瞄了一眼。他的血色正在迅速消失，状态一刻不如一刻。

我看到了姐姐身后的门，门开着；从那儿只要几步就能到前门，然后就能出去了。

我记得今晚早些时候她跟我说过的话。我记得我的承诺。

凯茜只做了一个流畅的动作，手里的油桶和火把便掷向了空中，划出一道弧线，直飞普莱斯先生。

就在火焰与油在它们划出的弧线的最高点相遇时，我悄悄地溜出敞开的门，飞也似的跑出房子，跑进了清凉的夜晚空气当中。大火在我的身后喷薄而出。我能听到，也能感到。在脚下那湿漉漉的草上，我可以看见它那明亮的轮廓。

我跑。我跑。我跑。我跑进夜色里，对于落入眼中的东西毫不在意。我没有注意到地上汇聚起的小水潭。我没有注意到空中翻涌的暴风云。我没有注意到颗颗雨滴飞快地砸落，噼噼啪啪地打到我脸上，又顺着我的脸颊滑落。

我全力奔跑着，全速奔跑着，这片地形是我所熟悉的，但此刻我什么也看不见。我也许跑了有几个小时。我跑，直到我跌倒。

第二十二章

烟在水面上飘动。阴影是又长又细的牙齿,光在树木间缠绕,在笔直的树干和弯曲、馥郁的树枝之间。它将树叶当作了羊皮纸。它将晨露当作了尘土。下面的水比上面的天空闪出更耀眼的光,它从下面照亮了烟雾,仿佛是纸莎草云朵背后的一轮明月。

我的舌头上有浑浊的水。它流进我的脸颊,又流出来。随着水每次将我的嘴灌满,先是湿漉漉的,然后变得干涩起来的泥土的味道留在了我的嘴里。水潭紧贴着我左半边脸,水进入我的鼻孔,又减速灌入我的喉咙。我小口小口地喝着污泥,品尝着铁腥味的血。

这场火是由许多部分构成的。有气体,有光,有火星;有火焰,有涟漪,有水流。它吞噬了潮湿的空气,吞噬了枯木，还吞下了一小口袋清凉的夜。我跑了很长一段路。我在这里停了下来，安顿了下来。我弯腰寻水，任何我能找到的水；用颤抖的双手掬起，凑到唇边。我还把头在岸边靠了一会儿，只是一小会儿，然后我不等仔细留意一下这个地方便睡着了，然后大概又醒来。

虽说跑出了很远，可我依旧能闻到那场火。燃烧余烬中的树脂黏附在了我的嗓子眼儿里，它们有的来自屋顶的橼子，有的来自白蜡木的地板。那场大火的景象也黏附在了我的脑海中，在我的眼睛后面，那些弯曲分叉的火舌舔舐着熟悉身影的景象。大火的声音依旧在我的耳中回响：嘶嘶声、吱嘎声、一种节拍，如光线般弯曲、突变。我的脑袋已经被塞满了。

那烟其实是雾，根本不是烟。它自水库之中因着早晨的潺热升腾而起。那水库离着树林有五英里远，穿过树篱、沟渠和农田有一条直接的路也许更短。我想，那应该就是我所走过的路线。我的路线像铁轨一样直。我一点都没有左右摇摆，尽管我的脚步上下起伏，因为我跳跃过沟渠的堤岸，然后下到沼泽滩里，跋涉过味道刺鼻的有机焦油，跋涉过由每年秋天的腐烂物会聚成的泥浆。要么是夜晚被迷雾所笼罩，要么就是我的记忆把明确的形态变为了幽魂。在我的回想中，一切都是陌生的，尽管那些小路之前我曾许多次踏足其上。但入夜之后，那些地形看着完全不同了，世界在每个人眼里有了不同的样子，我变成了一个新的人，因为当我踏足其上，当我极目四望，这片土地仿佛也变成了新的。

我肯定又睡着了：我的眼睛是闭着的。我肯定睡得很沉，连地平线变得越来越亮也没能把我惊醒。我一直睡着，直到感受到另一种湿润来到了我的脸颊上。潮湿的鬃毛拂过我的眉毛，搭在了我的眼皮上。一种新的气味与大火的余味相遇。一股麝香的味道。还有嘴唇。那是嘴唇。粗糙的、肉乎乎的、参差不齐的嘴唇，却带着善意，还有点邀请的意味。那些嘴唇把我的头发含进去的时候，还有牙齿在叩击着我的颅骨。还有舌头——长长的、黏黏的——从上面一路往下舔到我的脖子，并兜住了我的下巴。

我睁开眼来。一个马头。两只大大的棕色眼睛，有桌球那么大，转来转去地扫视着我的脸，接着看看周围的世界，再扫视我的脸。马儿喷了个响鼻，然后轻轻地晃了晃乌黑的额毛。太阳完全升到了空中，虽说还不是很高。马在晃动的时候，脑袋会有时正好把太阳挡住，把它那原本是锈红色的毛发变成一道黑色的剪影，并在它那原本是丝般的长鬃毛周围生出一道不自然的光晕来。

"你是谁？"

这问题是问马的。我在半梦半醒的状态，这样一问绝非多余。

马儿继续玩弄着我的头发。骑在马上的人回答了，"薇薇安，丹尼尔，我是薇薇安。"

如果心安是一种能被感知到的东西，那么当喷涌的恐惧被装进桶里给封堵住时，我就应该算是感受到心安了。可实际的情况是，当我看见这位朋友时，几乎毫无理由地，我的恐惧竟达到了沸点。她没有从马上下来。

"着了一场大火。"她说。

"对。"

"就在你们的房子。"

"对，我在那里。我跑出来了。"

"我就希望……"

"你怎么找到我的？"

"我骑着马转了有两个小时。"她回答，"你好像病了。"

"没病。"

薇薇安戴着手套的手重新调整了一下缰绳。马儿朝旁边走了几步，四个蹄子站定后侧对着我，薇薇安也转过头来看着我。我手掌撑地，抬起身子，随后站了起来。

"你有找到别人吗？"我知道没人能跑出来，除了我。

"我看到个影子。"

"谁?"

"我是昨晚看见的大火,从我的房子远远看到的。刚开始我还以为是篝火,还在想怎么没人告诉我让我也去呢。后来我就见火势越来越大,大到不像是篝火了。我穿上外套出了门,顺着小路走了过去。风是迎面吹来的,所以烟也吹过来了。正对着我。有那么一阵,我连火焰都看不到,烟太浓了。不过后来我走得更近了,近到都能感受到热浪,也能看得到你家的房子了。房子在烧。这时我看到了你,我觉得是你,朝着山下跑去,越跑越远,拼了命在跑。我本来想要追上去的,可结果没追。待在了原地。我看着熊熊的火焰,我看着房子烧塌。我觉得好像看到了你们的人影,但又不能肯定。我没法儿看得很清。可能是烟熏到了我眼睛,不知道。我不知道有没有可能看到。等到快烧完的时候,那已经过了很久了,我觉得我看到一个人影出现。不过这不可能啊。可我觉得我看到一个瘦瘦的人影出现。那时候天都开始亮了。"

"那是谁?"

"说不上来。"她说,"我不知道这是不是真的。"

"会是我姐姐吗?"

"不知道。我不清楚我看到了什么。就那么个影子,现在更是只有对影子的记忆了。"

"但有可能是的。"

"也许吧。"她向下望着我,但我似乎无法迎住她的目光。我望着远处水库的方向。

"我为什么要跑呢?"我问。

"跑是你唯一能做的事情。"

"我撇下他们了。"

"那是你唯一能做的事,丹尼尔。"

"凯茜叫我跑的。"

"她做得对。"

那水库似乎在轻快地荡漾。我把目光转换到水库远端,堤岸上一棵样子令人讨厌的白蜡树上。它太冷漠了,都不愿随风摆舞。

又过了一会儿,她说:"你可以和我一起回家。"

这次我抬起眼来望住了她。这是个善意的提议。"谢谢,但我自己有家。"

我们站了一会儿:薇薇安、马儿,和一个瘦长的男孩,刚满十五岁。

"她走了哪条路?"

"丹尼尔,我不知道。我以为看到的那个影子,是朝着铁轨走去的。没过多久,我就跑回家骑上黛西,再回到这里来找你。我没有明明白白地看到任何东西。"

"朝着铁轨去了?"

"是吧?"

"然后往哪儿去了?"

"我没看见。"

我点了点头。我四下里看了看,看有没有在地上落下什么东西。什么都没有,只有在我躺过的地方留下了一个凹印。我什么都没有带。我没有任何东西好带。完全没有任何理由地,我用脚把沙地上的痕迹抹掉。我不要留下任何痕迹,一点都不要。没有哪个追踪者能找到我。

"我要走了。"我对薇薇安说,也有一部分是对马儿黛西说的。

黛西眨了眨长长的睫毛。薇薇安发出一声带着不安的叹息。

"记得我刚才跟你说的,丹尼尔。"

我走向离水库越来越远的方向,也离那个女人和她的马越来越远,大约地循着我昨晚来时的路。

不用说,想到要重回我们在山上的家,我就有透不过气来的感觉。我看着自己的双脚挪动,一步接着一步。它们倾斜的姿态,它们啪嗒啪嗒对地面的拍打,脚指头弯曲的方式。

我没有回头望,尽管有两三次我听到马蹄叩击地面,在地面磨蹭的声音，薇薇安还留在那儿目送我离开。

走了大约半英里后，我来到了一座木板桥边，最多也就四片木板拼在一起，钉了几颗锈迹斑斑的、弯曲的钉子，下临一道窄窄的排水沟。暴雨过后，沟里的水超出了负荷。这片地区定期都会发洪水。在冬天，以及在夏季的暴雨过后，附近的山上便会有山洪奔流而下，直冲到平地上。

昨天晚上下过雨，我记得。在我一路走来时天上下着雨，虽说我并没怎么注意。周围到处都是雨。我突然记起来了：暴雨曾如瀑布般从我身边滚滚而过，溅落在我的脚上。一场夏季的暴雨。我在大雨中走过，也在大雨中睡着过。我的衣服依旧还湿答答的。水渠里的水位也很高，高得都能拍打到了我的脸，尽管我休息在地势略高的一边堤岸上。

我加快了步子。我不得不跑了起来。满眼望去的一切都是湿漉漉的。

薇薇安看到过一个影子。那就是凯茜的可能不止一点点，她被暴风雨给奇迹般地救下，得以走出浓烟，来到昏暗中唯一可寻的地标：铁轨。

我跑，我跑。一朵烟云，乌黑沉重的水汽，停留在山巅。它填满了原先房子所在的虚空。对于不必目睹那片虚空我感到庆幸，那里，在充满快乐的一年里，曾经有过一个家。

又走近一些后,我见到了经过烧烤的肋骨,那被熏黑的房屋的空架子。我见到炭渣颤巍巍地立在地面上,一直连到被烧成焦炭的树枝,这些木头被烧的程度是我所从来没见到过的。我看到了一种新的黑色,那样的稠,那样的紧,那样的不透明。

我走了过去。我没有欲望想要去察看一下那废墟:真说不准我会找到些什么。再说,那铁路轨道,还有我姐姐的可能性,分明就铺展在前方。但就在我走过那烧毁的房子,走过那烧毁的鸡舍,走过那道细长的已被烧成焦炭的菜畦,走过白蜡树林时,我却有心惊胆战的感觉,被那闪烁的火星,被那撕裂的地狱中会咬人的亡灵所缠绕。它们在我身边呼啸而过,盘旋往返,像拖网渔船周遭的海鸥。我是它们最后的食物残余,最后能品尝到的活的人体组织,最后一丝晚餐的希望;然后它们便要像之前的同类那样,坠落到潮湿的尘土中去了。我走了过去,它们坠落。

我来到了铁轨边。有两组。四条钢带,笔直有如从天空降落的雨水,从北向南。钢铁在磁极间延伸。枕木因为被淋湿而颜色变深。枕木下的碎石变得光滑。我顺着路堤往上爬,尽管上面的草很滑,但我运气不错,顺利爬了上去。我向左看看,又向右看看。一个人都没看到。但要是凯茜从房子里逃脱,来到铁轨,她肯定会继续走的,到这会儿说不定已经走出好长一段了。我向左看看,又向右看看。往北去爱丁堡还是往南去伦敦。我作出了选择,走了起来。

VI

那个男人开着他那摇摇晃晃的大车子离去了,我再也没有去想他。我在等待着一个人。

我在车站外面等着。不是指车站的建筑本身,而是指把旅客和货物从四面八方带到这个城市来的轨道网络。我看着人们来来往往,也看到别的和我一样的人坐在铁轨旁边,睡在灌木丛里,睡在外屋里,睡在小棚屋里。我生起小小的火堆,把所有能找到和捕获的东西弄来吃。

可我知道我在这里的逗留只是暂时的。我在等待着一个人。

不等待的时候,我就在城里四处转悠。这里的石头颜色更深。房子都是用来自一个不同的采石场的石头盖的。我从来不知道小城镇与大城市有它们自己的特征。对我来说，只有发白的石灰岩和红砖的区别。要是远远地看见深色头发的高个子女人，我就会跟上去，直到看清她们不是她。我就是这般消磨时光的。

铁轨边有些人会跟我说话，问我问题。陌生人的好奇心。

蚊子混迹在马蝇和蓟马之间。它们汇聚成旋转的一蓬，绕着一个看不见的中心飞舞，就像电子围绕着原子核。一只孤独的蜜蜂在它们的下面漫游，有时从其旅程中停顿下来，接受草本植物的荫蔽。苍白的蛾子懒洋洋地悬置在薄雾中，翅膀发着光，时而黯淡下去，时而又发出光来，抵抗着不可避免的沉落。

ELMET By FIONA MOZLEY
Copyright © 2017 BY FIONA MOZLEY
This edition arranged with HODDER & STOUGHTON LIMITED
Through PEONY LITERARY AGENCY, Inc., HONGKONG.
Simplified Chinese edition copyright:
2020 ZHEJIANG LITERATURE AND ART PUBLISHING HOUSE
All rights reserved.
本书中文简体字版版权，浙江文艺出版社独家所有。
版权合同登记号：图字：11-2018-264 号

图书在版编目（CIP）数据

爱尔迈特/（英）菲奥娜·莫兹利著；吴刚译．－－杭州：浙江文艺出版社，2020.5
　　ISBN 978-7-5339-6055-1
　　Ⅰ．①爱… Ⅱ．①菲… ②吴… Ⅲ．①长篇小说—英国—现代 Ⅳ．① I561.45
中国版本图书馆 CIP 数据核字 (2020) 第 045558 号

策划统筹：曹元勇
责任编辑：李　灿
文字编辑：伍华星
封面设计：周伟伟
责任印制：吴春娟

爱尔迈特

[英] 菲奥娜·莫兹利　著
吴刚　译

出版：浙江文艺出版社
地址：杭州市体育场路 347 号　邮编：310006
网址：www.zjwycbs.cn
经销：浙江省新华书店集团有限公司
印刷：上海中华商务联合印刷有限公司
开本：850 毫米 ×1168 毫米　1/32
字数：170 千字
印张：9.75
插页：6
版次：2020 年 5 月第 1 版
印次：2020 年 5 月第 1 次印刷
书号：ISBN 978-7-5339-6055-1
定价：58.00

版权所有　侵权必究
（如有印、装质量问题，请寄承印单位调换）